GLI ADELPHI
699

Tra il 1929 e il 1962 Georges Simenon (Liegi, 1903 - Losanna, 1989) ha scritto ben centosettantotto racconti.
I quattro qui riuniti (gli ultimi senza Maigret) sono stati terminati fra il 1950 e il 1953 a Lakeville (Connecticut): tranne *Sette crocette su un taccuino*, uno dei più bei racconti lunghi di Simenon – pubblicato in Francia nel 1951, ha ottenuto non a caso il premio Edgar Allan Poe ed è stato poi adattato più volte, sia per il cinema che per la televisione, in vari paesi, tra cui l'Unione Sovietica –, sono tutti apparsi postumi nel 1990, e vengono qui tradotti per la prima volta in italiano. Nel 1962 il settimanale «Elle» ha proposto quello che potremmo definire un esperimento di Simenon con la fantascienza, *Les Nolépitois*; ma, poiché l'autore stesso non ha mai voluto che venisse ripubblicato, non è compreso in questo volume.
Presso Adelphi sono in corso di pubblicazione tutte le opere di Georges Simenon.

Georges Simenon

La Cantante di Pigalle

e altri racconti

TRADUZIONE DI MARINA DI LEO

ADELPHI EDIZIONI

Disegno originale di Maria Picassó Piquer

ISBN 978-88-459-3928-0

Anno				Edizione						
2027	2026	2025	2024	1	2	3	4	5	6	7

INDICE

LA CANTANTE DI PIGALLE

E ALTRI RACCONTI

SETTE CROCETTE SU UN TACCUINO

1

«A casa mia si usava andare alla messa di mezzanotte tutti insieme, e il paese era a mezz'ora di strada dalla fattoria» disse Sommer mentre preparava il caffè su un fornellino elettrico. «Eravamo cinque figli. A quei tempi l'inverno era più rigido di adesso, perché mi ricordo di aver fatto il tragitto in slitta».

Lecœur, seduto davanti al quadro del centralino dove erano inserite decine di spinotti, aveva scostato la cuffia dalle orecchie per seguire il discorso.

«Di che regione parli?».

«Lorena».

«In Lorena l'inverno quarant'anni fa non era affatto più rigido di adesso, solo che i contadini non avevano la macchina. Quante volte ci sarai andato in slitta alla messa di mezzanotte?».

«Non saprei...».

«Tre? Due? O addirittura una volta sola? Ma ti ha colpito perché eri piccolo».

«In ogni caso, al ritorno, trovavamo un sanguinaccio strepitoso, come non ne ho più mangiati in vita mia. Credetemi, questa non è un'esagerazione. Non si è mai saputo come lo facesse mia madre, né cosa ci mettesse dentro, ma nessun altro sanguinaccio reggeva al confronto. Mia moglie ci ha provato. Ha chiesto anche a mia sorella maggiore, che sosteneva di avere la ricetta della mamma».

Sommer si avvicinò a una delle grandi finestre senza tende dietro le quali regnava l'oscurità, e grattò il vetro con l'unghia.

«To', c'è del ghiaccio. Anche questo mi riporta a quand'ero bambino, e la mattina, per lavarmi, spesso mi toccava rompere la crosta di ghiaccio che si era formata sull'acqua della brocca, con tutto che era in camera mia».

«Perché non esisteva il riscaldamento centrale» osservò placido Lecœur.

Erano in tre, tre «notturni», come li chiamavano, chiusi in quello stanzone dalle undici della sera prima. Ora avevano addosso la stanchezza delle sei del mattino. Sui tavoli c'erano avanzi di cibo e tre o quattro bottiglie vuote.

Su una parete si accese una luce non più grande di una compressa di aspirina.

«È il XIII arrondissement» mormorò Lecœur rimettendosi le cuffie. «Commissariato Croulebarbe».

Prese uno spinotto e lo inserì in un foro del centralino.

«Croulebarbe? È uscita una vostra autopattuglia. Di che si tratta?».

«Rissa tra due ubriachi in boulevard Masséna. Ci ha chiamati un agente municipale».

Lecœur tracciò meticolosamente una crocetta su una colonna del suo taccuino.

«Come va, lì da voi?».

«Siamo solo in quattro, e due stanno giocando a domino».

«Avete mangiato del sanguinaccio?».

«No, perché?».

«Non importa! Scusa, riattacco. Devo chiamare il XVI».

Sulla parete di fronte a lui campeggiava una gigantesca mappa di Parigi, e le lucine rappresentavano i commissariati dei vari quartieri. Se uno di questi veniva allertato per una ragione qualsiasi, si accendeva la lampadina corrispondente, e Lecœur inseriva uno spinotto nel quadro del centralino.

«Pronto, Chaillot? Avete fatto uscire un'autopattuglia?».

In ciascuno dei venti arrondissement di Parigi, sotto il neon blu di ogni commissariato, sostavano uno o più mezzi, pronti ad accorrere alla prima chiamata.

«Come?».

«Veronal».

Una donna, ovviamente. Era la terza della nottata, la seconda nell'elegante quartiere di Passy.

Lecœur tracciò una crocetta su un'altra colonna, mentre Mambret alla sua scrivania compilava dei moduli.

«Pronto, Odéon? Che succede da voi? Furto d'auto?».

Questo era per Mambret, che annotò i dati del veicolo, alzò un altro ricevitore e li dettò a Piedbœuf, il telegrafista, di cui percepivano la voce proprio sopra le loro teste. Era la quarantottesima segnalazione di macchina rubata che gli toccava diramare dall'inizio del turno.

Per molti la notte di Natale doveva avere sapore di festa. Centinaia di migliaia di parigini si erano riversati nei cinema e nei teatri. Migliaia di altri si erano attardati a fare acquisti nei grandi magazzini, dove commessi che non si reggevano più in piedi continuavano ad andare su e giù, come in un incubo, davanti agli scaffali semivuoti.

Dietro le tende accostate c'erano famiglie riunite, tacchini arrosto, sanguinacci che con ogni probabilità erano stati preparati, come a casa di Sommer, seguendo una speciale ricetta tramandata con cura di madre in figlia.

C'erano bambini che si agitavano nel sonno e genitori che, senza far rumore, disponevano i regali sotto l'albero.

C'erano ristoranti e night club con tutti i tavoli prenotati da una settimana. E, sulla Senna, c'era la chiatta dell'Esercito della Salvezza, dove i clochard facevano la fila annusando odori appetitosi.

Sommer aveva moglie e figli. Piedbœuf, il telegrafista del piano di sopra, era appena diventato papà.

Se non fosse stato per il ghiaccio sui vetri, non avrebbero saputo che fuori faceva freddo, come del resto non sapevano di che colore era la notte. Per loro aveva il colore giallastro di quella grande sala, di fronte al Palazzo di Giustizia, negli uffici della Questura che si erano svuotati e che solo di lì a due giorni la folla avrebbe ripreso d'assalto per sporgere reclami di ogni tipo o richiedere permessi di soggiorno, patenti di guida e visti sui passaporti.

Dabbasso, in cortile, gli agenti di servizio sonnecchiavano sui sedili delle camionette destinate a intervenire nei casi più gravi.

Ma non c'erano stati casi gravi. Le crocette sul taccuino di Lecœur erano eloquenti. Lui non si prendeva la briga di contarle: sapeva già che dovevano essercene quasi duecento nella colonna degli ubriachi.

Perché, com'è ovvio, nessuno era troppo severo quella notte. I vigili cercavano di convincere i tiratardi a tornarsene a casa senza fare storie. Intervenivano solo quando qualcuno aveva la sbornia cattiva e si metteva a rompere bicchieri o a minacciare altri avventori che bevevano in santa pace.

Duecento individui, tra cui qualche donna, dormivano sodo sulle panche delle camere di sicurezza delle varie stazioni di polizia.

Cinque accoltellamenti, due a Porte d'Italie e tre a Montmartre, non nella Montmartre dei locali notturni bensì ai margini del quartiere, nelle baracche costruite con vecchie cassette della frutta e cartone catramato, dove vivono oltre centomila nordafricani.

Qualche bambino smarrito, e subito ritrovato, nella calca della messa di mezzanotte.

« Pronto, Chaillot? Come sta la donna che ha preso il veronal? ».

Non era morta. Muoiono di rado, quelle là. Il più delle volte fanno in modo di essere salvate. Basta il gesto.

« A proposito di sanguinaccio, » cominciò Randon, che fumava una grossa pipa di schiuma « mi ricordo che... ».

Non seppero mai cosa si ricordasse Randon. Per le scale non illuminate risuonarono passi incerti, poi una mano cercò a tentoni la maniglia e aprì la porta. Si voltarono tutti e tre a guardare, stupiti che qualcuno avesse l'idea di andare a trovarli alle sei di mattina.

« Salve! » fece il nuovo venuto lanciando il cappello su una sedia.

« Che ci fai da queste parti, Janvier? ».

Era un giovane ispettore della squadra anticrimine, che corse subito a scaldarsi le mani sul calorifero.

« Mi annoiavo, da solo in ufficio » disse. « Tanto, se l'assassino colpisce ancora, è qui che arriva la notizia ».

Aveva fatto anche lui il turno di notte, ma dall'altro lato della strada, nella sede della Polizia giudiziaria.

« Posso? » chiese prendendo la caffettiera. « Fuori c'è un vento gelido ».

Aveva le orecchie arrossate, gli occhi lacrimosi.

«Non si saprà niente prima delle otto, forse anche più tardi» disse Lecœur.

Erano quindici anni che passava le notti là dentro, davanti alla mappa luminosa di Parigi e al quadro del centralino. Conosceva per nome quasi tutti gli agenti della città, o almeno i «notturni». Ed era spesso al corrente delle loro vicende personali, perché nelle serate tranquille, quando le lucine restavano spente a lungo, chiacchieravano a distanza.

«Come va, lì da voi?».

Conosceva anche la maggior parte delle stazioni di polizia, ma non tutte. Ne immaginava l'atmosfera, gli agenti con il cinturone allentato e il colletto aperto che, come lui e i suoi colleghi, si preparavano il caffè. Ma non li aveva mai visti, non li avrebbe riconosciuti per strada. E non aveva mai messo piede in quegli ospedali i cui nomi gli erano familiari come, ad altri, i nomi di zie e zii.

«Pronto, Bichat? Come sta il ferito che vi hanno portato venti minuti fa? Morto?».

Una crocetta sul taccuino. Non temeva le domande difficili:

«Quanti sono ogni anno, a Parigi, i delitti che hanno per movente i soldi?».

«Sessantasette» rispondeva senza esitare.

«Quanti sono gli omicidi commessi da stranieri?».

«Quarantadue».

«E quanti...».

Lecœur non se ne vantava. Era meticoloso, punto e basta. Faceva il suo mestiere. Non era tenuto a segnare quelle crocette sul taccuino, ma farlo lo aiutava a passare il tempo e gli dava più soddisfazione che collezionare francobolli.

Non era sposato. Nessuno sapeva dove abitasse né che vita facesse una volta uscito dall'ufficio dove passava la notte. A dire la verità, era difficile immaginarselo fuori, per strada, come tutti.

«Per le cose importanti bisogna aspettare che la gente si alzi, che le portinaie distribuiscano la posta, che le domestiche preparino la colazione e vadano a svegliare i loro datori di lavoro».

Non aveva alcun merito a saperlo: era la solita routine. Più presto in estate, più tardi in inverno. E, quel giorno, più tardi ancora, dato che la maggior parte dei parigini doveva smaltire il vino e lo champagne del cenone. C'era ancora gente per strada, e le porte dei ristoranti si aprivano per far uscire gli ultimi clienti.

Sarebbero state segnalate altre macchine rubate. Probabilmente anche due o tre ubriachi assiderati.

«Pronto, Saint-Gervais?...».

La sua era una Parigi a parte, i cui monumenti non erano la Tour Eiffel, l'Opéra o il Louvre, ma oscuri edifici amministrativi con una volante parcheggiata sotto il neon blu e le bici degli agenti ciclisti appoggiate al muro.

«Il capo» disse Janvier «è convinto che stanotte l'assassino colpirà di nuovo. Notti come questa sono fatte per individui del genere. Le feste li fomentano».

Niente nome, perché non era stato identificato. Non si poteva neanche dire: «l'uomo con il cappotto beige», o «l'uomo con il cappello grigio», dato che nessuno l'aveva mai visto. Alcuni giornali l'avevano soprannominato «l'Uomo della Domenica», perché i primi tre omicidi erano stati commessi di domenica, ma poi ce n'erano stati altri cinque in giorni feriali, in media uno a settimana, sebbene non a cadenza regolare.

«E sei rimasto in ufficio per causa sua?».

Sempre per causa sua era stata rafforzata la sorveglianza notturna in tutta la città, il che per agenti e ispettori si traduceva in ore di straordinario.

«Quando verrà preso,» disse Sommer «vedrete che è l'ennesimo squilibrato».

«Uno squilibrato che ammazza la gente» sospirò Janvier, bevendo il caffè. «Guarda, ti si è accesa una lucina».

«Pronto, Bercy? È uscita un'autopattuglia? Come? Un momento... Annegato?».

Si vedeva che Lecœur esitava nella scelta della colonna da contrassegnare con la crocetta. Ce n'era una per gli impiccati, un'altra per quelli che, in mancanza di armi, si lanciano dalla finestra. E poi una per gli annegati, una per chi preferisce la pistola, una per...

«Sentite questa! Sapete che ha fatto un tizio al pont d'Austerlitz? Parlavamo di squilibrati, no? Si è attaccato una pietra alle caviglie, poi è salito sul parapetto, con una corda intorno al collo, e si è sparato un colpo in testa».

In effetti esisteva una colonna pure per questo: nevrotici!

Ormai era l'ora in cui quelli che non avevano fatto il veglione andavano alla prima messa mattutina, con il naso umido, le mani affondate nelle tasche, camminando chini contro il vento di tramontana che spargeva sui marciapiedi come una polvere di ghiaccio. Era anche l'ora in cui i bambini cominciavano a svegliarsi, accendevano la luce e correvano scalzi, in camicia da notte, verso l'albero delle meraviglie.

«Secondo il medico legale, se il nostro uomo fosse davvero uno squilibrato, ucciderebbe sempre allo stesso modo, con un coltello, una pistola o qualsiasi altra cosa».

«Che arma ha usato l'ultima volta?».

«Un martello».

«E la volta precedente?».

«Un pugnale».

«Cosa vi fa pensare che si tratti della stessa persona?».

«Innanzitutto il fatto che gli otto omicidi siano stati commessi più o meno l'uno di seguito all'altro. Sarebbe strano che di punto in bianco a Parigi fossero comparsi otto nuovi assassini».

Si capiva che l'ispettore Janvier ne aveva sentito parlare parecchio negli uffici della Polizia giudiziaria.

«E poi questi omicidi hanno qualcosa che li accomuna tutti. La vittima è sempre una persona che vive sola, vecchia o giovane, ma invariabilmente sola. Gente senza famiglia, senza amici».

Sommer guardò Lecœur, a cui non perdonava di essere scapolo e soprattutto di non avere figli. Lui ne aveva cinque, e la moglie aspettava il sesto.

«Come te, Lecœur. Sta' attento!».

«Un'altra indicazione sono le zone in cui agisce l'assassino. Nessuno di questi omicidi ha avuto luogo in quartieri ricchi, e neanche borghesi».

«Però ruba».

«Ruba, ma non molto. Piccole somme. Gruzzoli nascosti sotto il materasso o in una vecchia gonna. Non commette effrazioni, non sembra uno scassinatore esperto, eppure non lascia tracce».

Un'altra lucina. Una macchina rubata davanti a un ristorante di place des Ternes, non lontano dall'Étoile.

«La cosa più seccante per chi si ritrova senza macchina dev'essere tornarsene a casa in métro».

Ancora un'ora, un'ora e mezzo, e ci sarebbe stato il cambio turno, tranne per Lecœur che aveva promesso a un collega di sostituirlo per consentirgli di trascorrere il Natale in famiglia, nei dintorni di Rouen.

Capitava spesso. Era diventata una cosa così normale che nessuno si sentiva più in imbarazzo a chiederglielo.

«Senti, Lecœur, mi puoi sostituire domani?».

All'inizio cercavano una scusa sentimentale, una madre malata, un funerale, una prima comunione. Gli portavano un dolce, salumi tipici o una bottiglia di vino.

In realtà, se avesse potuto, Lecœur avrebbe passato ventiquattr'ore su ventiquattro in quella sala, limitandosi a sdraiarsi su una brandina di tanto in tanto e a scaldarsi i pasti sul fornellino elettrico. Cosa strana, per quanto non fosse più trasandato dei suoi colleghi, anzi meno di altri, meno di Sommer, per esempio, che di rado aveva la piega dei pantaloni ben stirata, emanava da lui una specie di desolazione da celibe.

Portava lenti spesse come fondi di bottiglia che gli ingigantivano gli occhi, e quando se le toglieva per pulirle con una pezzuola di camoscio che teneva sempre in tasca il suo sguardo sfuggente e quasi timido stupiva tutti.

«Pronto, Javel?».

Si era accesa una lucina nel XV arrondissement, vicino a quai de Javel, nella zona industriale.

«Autopattuglia in uscita?».

«Non sappiamo ancora di che si tratti. Qualcuno ha rotto il vetro di una colonnina del Pronto Intervento in rue Leblanc».

«Nessuno ha detto niente?».

«No. La pattuglia è andata a vedere. Vi richiamo».

Sui marciapiedi di Parigi ce ne sono a centinaia, di queste colonnine rosse: basta rompere il vetro per mettersi in contatto telefonico con il commissariato più vicino. Magari un passante l'aveva fatto per sbaglio...

«Pronto, centrale operativa? La pattuglia sta già rientrando. Non c'era nessuno. Tutto tranquillo anche nei dintorni, il quartiere è ben sorvegliato».

Per scrupolo di coscienza Lecœur mise comunque una crocetta nell'ultima colonna, quella della cronaca.

«Il caffè è finito?» chiese.

«Lo rifaccio».

Sulla mappa si riaccese la stessa lucina. Non erano passati neanche dieci minuti dalla prima richiesta di soccorso.

«Javel? Che succede?».

«Un'altra colonnina».

«Hanno detto qualcosa?».

«No. Sarà un buontempone che si diverte a disturbarci. Ma stavolta cercheremo di prenderlo».

«La colonnina dov'è?».

«Sul pont Mirabeau».

«Si è fatto una corsa, l'amico».

C'era infatti un bel pezzo di strada fra le due colonnine rosse. Ma al momento nessuno dava troppo peso a quelle chiamate. Tre giorni prima avevano rotto il vetro di un'altra colonnina per gridare con disprezzo: «Morte agli sbirri!».

Janvier stava per appisolarsi con i piedi su un calorifero quando sentì Lecœur parlare di nuovo al telefono. Aprì un occhio e, scorgendo una lucina accesa, chiese con voce assonnata:

«Ancora lui?».

«Sì, un vetro rotto in avenue de Versailles».

«Razza di balordo!» borbottò ripiombando beato nel dormiveglia.

La giornata sarebbe iniziata tardi, non prima delle sette e mezzo o delle otto. Ogni tanto si udivano vaghi rintocchi di campane, ma provenivano da un altro mondo. I poveri agenti dabbasso dovevano essersi congelati a bordo delle camionette.

«A proposito del sanguinaccio...».

«Quale sanguinaccio?» mormorò Janvier che, mezzo addormentato com'era, con le guance rosee, sembrava un bambino.

«Il sanguinaccio che mia madre...».

«Pronto! Non dirmi che qualcuno ha rotto il vetro di una colonnina del Pronto Intervento! Ho indovinato, eh? Ne ha già rotti due nel XV... No, non sono riusciti a prenderlo... Fila come il vento, questo tizio... Ha attraversato la Senna all'altezza del pont Mirabeau... Sembra dirigersi verso il centro... Sì, provateci...».

Un'altra crocetta e, alle sette e mezzo, mezz'ora prima del cambio turno, le crocette nella colonna della cronaca erano diventate cinque.

Squilibrato o no, il tizio aveva buone gambe. Vero è che la temperatura non invitava a bighellonare. Per un po' sembrò seguire la Senna. Non avanzava in linea retta. Aveva fatto una puntatina nei quartieri ricchi di Auteuil e rotto un vetro in rue La Fontaine.

«È a cinque minuti dal Bois de Boulogne» annunciò Lecœur. «Se va da quella parte, perderemo le sue tracce».

Ma lo sconosciuto aveva fatto dietrofront, o quasi, ed era tornato verso il lungosenna, rompendo un vetro in rue Berton, non lontano da quai de Passy.

Le prime chiamate erano partite dalle zone più modeste e popolari di Grenelle. Ma gli era bastato attraversare la Senna per cambiare scenario e ritrovarsi a vagare in strade ampie, dove a quell'ora non doveva esserci un cane. Di sicuro le porte erano tutte chiuse e i suoi passi risuonavano sul selciato indurito dal gelo.

Sesta chiamata: aveva girato intorno al Trocadéro e adesso era in rue de Longchamp.

«Questo crede di essere Pollicino» osservò Mambret. «In mancanza di briciole e di sassolini bianchi, sparge frammenti di vetro».

Arrivarono nuove segnalazioni, l'una di seguito all'altra: ancora furti d'auto, poi un colpo di pistola in rue de Flandre, un ferito che sosteneva di non sapere chi gli avesse sparato, nonostante fosse stato visto bere tutta la notte in compagnia di un tale.

«Ecco che richiamano dal commissariato di Javel! Pronto! Mi sa che il tuo mattacchione è ancora in giro a spaccare vetri. Non ha avuto il tempo di tornare al punto di partenza. Come? Sì sì, sta continuando. Ora sarà nei pressi degli Champs-Élysées... Eh?... Aspetta un momento... Dimmi... Rue come?... Michat?... Sì, la conosco... Tra rue Lecourbe e boulevard Félix-Faure... Sì... Dove c'è il viadotto della ferrovia... Ho capito... Al 17... Chi vi ha telefonato?... La portinaia... Già alzata a quest'ora?... Ma insomma, vuoi stare zitto?

«No, non dicevo a te. Parlavo con Sommer, che ci sta facendo una testa così con il suo sanguinaccio...

«Allora, la portinaia... Capito... Un grande caseggiato popolare... Sette piani... Sì...».

Quel quartiere era pieno di condomini del genere: non vecchi, ma costruiti con materiali così scadenti che appena ci andavi ad abitare sembravano già decrepiti. Si ergevano in mezzo a terreni incolti, con le facciate scure e i tetti tappezzati di réclame colorate che dominavano le case di periferia, spesso villette a un solo piano.

«Ricapitolando, la portinaia ha sentito dei passi precipitosi per le scale e poi il portone che sbatteva... Era aperto?... Ah, la portinaia non sa come mai... Che piano?... Mezzanino, sul cortile... Continua... Vedo che l'autopattuglia dell'VIII è appena uscita e scommetto che è per il tizio delle colonnine... Una donna anziana... Come?... La signora Fayet... Domestica a ore... Morta?... Corpo contundente... Il medico legale è arrivato?... Sicuro che è morta?... Le hanno preso tutti i soldi?... Lo chiedo perché suppongo che avesse da parte un gruzzolo... Sì... Richiamami... Altrimenti ti faccio uno squillo io...».

Lecœur si girò verso l'ispettore addormentato.

«Janvier! Ehi, Janvier! Mi sa che è per te».

«Chi? Che c'è?».

«L'assassino».

«Dove?».

«A Javel. Ti ho scritto l'indirizzo su questo foglietto. Stavolta ha ammazzato una vecchia domestica a ore, una certa Fayet».

Janvier si mise il cappotto, cercò il cappello e mandò giù l'ultimo sorso di caffè rimasto nella tazza.

«Chi se ne occupa, del XV?».

«Gonesse».

«Avverti i miei colleghi che sto andando sul posto, per favore».

Qualche istante dopo Lecœur poté aggiungere una crocetta, la settima, nell'ultima colonna del suo taccuino: in avenue d'Iéna, a centocinquanta metri dall'Arc de Triomphe, era stato rotto il vetro di un'altra colonnina del Pronto Intervento.

«Tra i frammenti hanno trovato un fazzoletto sporco di sangue, il fazzoletto di un bambino».

«Niente iniziali?».

«No, è blu a quadri, non molto pulito. Il tizio deve esserselo avvolto intorno al pugno per rompere il vetro».

Per le scale risuonarono dei passi: i colleghi del turno di giorno venivano a dare il cambio. Si erano fatti la barba, e dalla pelle rossa e tirata si capiva che, dopo essersi lavati con l'acqua fredda, avevano camminato nel vento gelido.

«Festeggiato bene, voialtri?».

Sommer ripose la gavetta di metallo in cui si era portato la cena. Solo Lecœur non si muoveva, giacché restava in servizio e quindi avrebbe fatto parte anche della nuova squadra.

Il grosso Godin si stava già infilando il camiciotto di tela che usava al lavoro e, appena entrato, aveva messo a scaldare l'acqua per il grog. Soffriva per tutto l'inverno dello stesso raffreddore, che curava, o manteneva, a forza di grog.

«Pronto? Sì, sono io... No, non me ne vado... Sostituisco Potier che è andato a trovare la sua famiglia... Allora... Sì, mi interessa personalmente... Janvier è già uscito, ma ci penso io ad avvertire la Giudiziaria... Un paralitico?... Che paralitico?...».

All'inizio ci vuole sempre un po' di pazienza per raccapezzarsi, perché la gente parla del caso di cui si sta occupando come se tutti dovessero esserne al corrente.

«Sì, la villetta che c'è dietro... Quindi non in rue Michat... Rue?... Rue Vasco-de-Gama?... Ma certo, la conosco... La casetta con un giardino circondato da una cancellata... Non sapevo che fosse paralitico... Insomma, non dorme quasi mai... Un ragazzino che si arrampicava sul tubo della grondaia?... Età?... Non lo sa... In effetti c'era buio... E come lo sa che era un ragazzino?... Senti, fammi la cortesia di richiamarmi... Te ne vai anche tu?... Chi ti sostituisce?... Jules... Ma chi, quello grosso?... Va bene... Salutalo da parte mia e pregalo di tenermi aggiornato...».

«Che è successo?» chiese uno dei nuovi arrivati.

«Hanno ammazzato una vecchia a Javel».

«Il colpevole?».

«Un vicino semiparalizzato, che abita in una villetta dietro lo stabile, dice di aver visto un ragazzino scalare il muro fino all'appartamento della vittima...».

«E l'avrebbe assassinata questo ragazzino?».

«In ogni caso accanto a una colonnina del Pronto Intervento hanno trovato un fazzoletto da bambino».

Lo ascoltavano distrattamente. Le lampade erano ancora accese, ma una luce livida già filtrava dai vetri coperti da una filigrana di ghiaccio. Qualcuno andò di nuovo a scrostare la superficie gelata. Era un gesto istintivo. Forse un ricordo d'infanzia come il sanguinaccio di Sommer...

I « notturni » se n'erano andati. Gli altri si stavano organizzando, prendevano posto, sfogliavano i rapporti.

Furto d'auto in square La Bruyère.

Lecœur guardava le sette crocette con aria preoccupata. Poi si alzò sospirando e andò a piazzarsi davanti alla gigantesca mappa sulla parete.

« Vuoi imparare a memoria la pianta di Parigi? ».

« Non ne ho bisogno, ma c'è un dettaglio che non mi quadra: in circa un'ora e mezzo sono stati rotti i vetri di sette colonnine del Pronto Intervento. Da notare che chi si è dedicato a questo giochetto non solo non camminava in linea retta e non seguiva un itinerario preciso per andare da un punto all'altro, ma ha fatto numerosi zig-zag ».

« Forse non conosceva la città ».

« Oppure la conosceva fin troppo bene. Guarda caso, non è passato neanche una volta davanti a un commissariato, mentre se avesse preso la strada più breve ne avrebbe incontrato più d'uno. E quali sono gli incroci dove è più probabile imbattersi in un vigile? ».

Li indicò con il dito.

« E anche in questo caso se ne è tenuto alla larga, aggirandoli. Qualche rischio l'ha corso solo sul pont Mirabeau, ma sarebbe stato lo stesso in qualunque punto avesse attraversato la Senna ».

« Magari è ubriaco » scherzò Godin, mentre sorseggiava il suo rum soffiandoci sopra.

« Mi chiedo come mai abbia smesso di rompere vetri ».

« Sarà arrivato a casa, l'amico ».

«Uno che alle sei di mattina si trova nel quartiere di Javel ha poche probabilità di abitare all'Étoile».

«Ti interessa tanto?».

«Più che altro mi preoccupa».

«Sul serio?».

In effetti era strano vedere in apprensione Lecœur, per il quale le notti più drammatiche di Parigi si riassumevano in qualche crocetta su un taccuino.

«Pronto, commissariato di Javel?... Jules?... Sì, sono Lecœur... Senti, dietro lo stabile di rue Michat c'è la casa del paralitico, lo so... Ma, proprio di fianco, c'è un altro stabile, di mattoni rossi, con una drogheria al pianterreno... Sì... Lì tutto tranquillo?... La portinaia non ha detto niente?... No, no, io non ho informazioni... Ma forse è meglio andare a chiederglielo...».

A un tratto Lecœur aveva caldo, e spense la sigaretta fumata a metà.

«Pronto, Ternes? Avete ricevuto chiamate dalle colonnine di soccorso della vostra zona? No? Solo ubriachi... Grazie. A proposito... Gli agenti in bicicletta sono usciti?... Stanno per uscire adesso?... Avvertiteli di prestare attenzione se incrociano un ragazzino... Un ragazzino con l'aria stanca e la mano destra ferita... No, nessuna denuncia di scomparsa... Ve lo spiego dopo...».

Non riusciva a staccare lo sguardo dalla mappa sulla parete, dove le lucine rimasero spente per dieci minuti buoni. E quando poi se ne accese una fu per un caso di asfissia accidentale, nel XVIII, in cima a Montmartre.

In giro per le strade gelide di Parigi c'erano quasi esclusivamente sagome scure che tornavano infreddolite dalla prima messa mattutina.

II

Dei ricordi d'infanzia di André Lecœur quello più vivido era una sensazione di immutabilità. All'epoca il suo universo si limitava a una grande cucina, alla periferia di Orléans. Doveva averci passato estati e inverni, ma la rivedeva soprattutto inondata di sole, con la porta aperta e un cancelletto che il padre aveva costruito una domenica per impedirgli di sgattaiolare in giardino, dove becchettavano le galline e dove i conigli rosicchiavano senza sosta dietro una rete metallica.

Ogni mattina alle otto e mezzo il padre inforcava la bicicletta per andare a lavorare all'azienda del gas, dal lato opposto della città. La madre sbrigava le faccende domestiche, sempre nello stesso ordine: saliva nelle camere da letto e metteva i materassi a prendere aria sul davanzale delle finestre.

Di lì a poco in strada echeggiava il richiamo del venditore ambulante di frutta e verdura, segno che erano le dieci. Due volte a settimana, alle undici, il medico barbuto veniva a visitare suo fratello minore, sempre malaticcio, nella cameretta dove lui non aveva il permesso di entrare.

Tutto qui, non succedeva altro. André giocava un po', beveva un bicchiere di latte, e già il padre era di ritorno per pranzo.

Aveva fatto un giro di riscossione in vari quartieri e incontrato un mucchio di gente, di cui parlava a tavola, mentre in casa il tempo si era quasi volatilizzato. E i pomeriggi, forse a causa della siesta, passavano ancora più in fretta.

«Inizio le faccende domestiche ed è subito ora di mettersi a tavola» si lamentava spesso sua madre.

Un po' la stessa cosa che accadeva lì, nella grande sala della centrale operativa, dove anche l'aria era immobile, dove gli impiegati si intorpidivano, dove gli squilli del telefono e le voci finivano per giungere ovattati come nel dormiveglia.

Qualche lucina che si accendeva sulla mappa, qualche crocetta – una macchina era stata investita da un autobus in rue de Clignancourt – e già arrivava un'altra chiamata dal commissariato di Javel.

Non era più il grosso Jules, ma Gonesse, l'ispettore incaricato delle indagini. Erano riusciti a raggiungerlo e a parlargli della casa di rue Vasco-de-Gama. Gonesse aveva fatto un sopralluogo ed era tornato tutto agitato.

«È lei, Lecœur?».

C'era un che di strano nella sua voce, una certa irritazione o un sospetto.

«Senta, come mai le è venuta in mente quella casa? Conosceva la vecchia Fayet?».

«Non l'ho mai vista, ma la conoscevo».

Erano almeno dieci anni che André Lecœur si prefigurava ciò che stava avvenendo quella mattina di Natale. Per la precisione, quando lasciava vagare lo sguardo sulla mappa di Parigi dove si accendevano le lucine, gli capitava di pensare:

«Prima o poi, inevitabilmente, si tratterà di una persona che conosco».

Ogni tanto succedeva qualcosa nel suo quartiere, nei pressi della sua strada, ma sempre a una certa distanza. Come un temporale, la grana si avvicinava e si allontanava, senza mai scoppiare nel punto esatto in cui abitava lui.

Ma stavolta era accaduto.

«Ha interrogato la portinaia?» chiese. «Era sveglia?».

Immaginava l'ispettore Gonesse, all'altro capo del filo, alquanto disorientato.

«Il bambino c'è?» proseguì.

«Conosce anche lui?» borbottò Gonesse.

«È mio nipote. Non le hanno detto che si chiama Lecœur, François Lecœur?».

«Me l'hanno detto».

«Allora?».

«No, non è in casa».

«E il padre?».

«È rientrato stamattina poco dopo le sette».

«Come sempre. Lavora di notte pure lui».

«La portinaia l'ha sentito salire nel suo appartamento al terzo piano, lato cortile».

«Lo so».

«È ridisceso quasi subito e ha bussato alla porta della guardiola. Sembrava molto turbato. Per usare le parole della portinaia, aveva un'aria sconvolta».

«Il bambino è scomparso?».

«Sì. Il padre ha chiesto alla portinaia se l'aveva visto uscire e a che ora. Lei non si era accorta di niente. Allora lui ha voluto sapere se nel corso della serata o di mattina presto era arrivato un telegramma».

«Ed era arrivato?».

«No. Ci capisce qualcosa, lei? Dato che fa parte della famiglia ed è al corrente della situazione, non le pare il caso di venire qui?».

«Non servirebbe a niente. Dov'è Janvier?».

«Nella camera della Fayet. Gli esperti della Scientifica sono già al lavoro e hanno rilevato delle impronte infantili sulla maniglia della porta. Perché non fa una scappata?».

«Non c'è nessuno che mi sostituisca» rispose senza convinzione Lecœur.

Non era una bugia, ma, a rigore, facendo qualche telefonata, avrebbe trovato un collega disposto a passare un paio d'ore nella centrale operativa. La verità era che non aveva voglia di andarci, tanto più che non sarebbe stato di alcuna utilità.

« Senta, Gonesse, mi preme rintracciare il bambino, capisce? Una mezz'ora fa doveva essere dalle parti dell'Étoile. Dica a Janvier che io resto qui e che con ogni probabilità la Fayet aveva un mucchio di soldi nascosti in casa ».

Con gesti rapidi inserì lo spinotto in un altro foro e chiamò i vari commissariati dell'VIII arrondissement.

« Bisogna cercare un ragazzino sui dieci anni, vestito in modo modesto. Tenete d'occhio in particolare le colonnine del Pronto Intervento ».

I suoi due colleghi lo guardavano incuriositi.

« Credi che sia stato lui a fare il colpo? ».

Lecœur non si prese la briga di rispondere. Chiamò il Centro radio operativo, al piano di sopra.

« Ciao, Justin! Ci sei tu, di turno? Ti dispiace dire a tutte le pattuglie di cercare un ragazzino sui dieci anni che si aggira nei pressi dell'Étoile? No, non lo so da che parte va. Sembra evitare le strade dove ci sono stazioni di polizia e gli incroci trafficati in cui rischia di incontrare i vigili ».

Conosceva l'appartamento di suo fratello, in rue Vasco-de-Gama, due stanze buie e una cucina minuscola, nel quale il bambino passava le notti da solo mentre il padre era al lavoro. Dalle finestre si scorgeva il retro dello stabile di rue Michat, con la biancheria stesa ad asciugare, vasi di gerani e, dietro ai vetri, per lo più senza tende, tutta un'umanità eterogenea.

Anche lì i vetri dovevano essere ricoperti di ghiaccio. Questo dettaglio lo colpì. Lo archiviò in un angolo della memoria perché aveva l'impressione che potesse tornare utile.

« Secondo te, è stato un moccioso a sfondare le colonnine del Pronto Intervento? ».

« Hanno ritrovato un fazzoletto da bambino » rispose seccamente.

E si fermò, con la mano a mezz'aria, chiedendosi in quale foro inserire lo spinotto.

Fuori c'era gente che sembrava agire a una velocità vertiginosa. Il tempo, per Lecœur, di rispondere a una chiamata, e il medico legale era già arrivato sul luogo del delitto, seguito a ruota dal sostituto procuratore e da un giudice istruttore che dovevano essere stati tirati giù dal letto.

A che scopo andarci, se dal suo ufficio Lecœur vedeva strade e case meglio di chi era sul posto, con il viadotto ferroviario che attraversava il paesaggio tracciandovi una lunga linea nera?

C'erano solo poveri, in quel quartiere: giovani che speravano di lasciarlo al più presto, meno giovani che cominciavano a perdere la fiducia, e meno giovani ancora, quasi vecchi e vecchi veri e propri che alla fine cercavano di scendere a patti con il proprio destino.

Chiamò di nuovo il commissariato di Javel.

« L'ispettore Gonesse è ancora lì? ».

« Sta scrivendo il rapporto. Lo chiamo? ».

« Sì, grazie... Pronto, Gonesse?... Sono Lecœur... Scusi se la disturbo... Lei è salito a casa di mio fratello?... E il letto del bambino era disfatto? Questo mi rassicura un po'... Aspetti... C'erano degli involti?... Sì... Come? Pollo, sanguinaccio, saint-honoré e... Non ho capito... Una radiolina?... Ancora impacchettata?... Certo!... Janvier non c'è?... Ha chiamato il Quai des Orfèvres?... Grazie... ».

Si stupì vedendo che erano già le nove e mezzo. Non era più il caso di tenere d'occhio la zona dell'Étoile sulla mappa di Parigi. Se il ragazzino aveva continuato a camminare alla stessa andatura, doveva aver già raggiunto uno dei quartieri periferici della capitale.

« Pronto, Giudiziaria? Il commissario Saillard è in ufficio? ».

Anche lui doveva essere stato strappato al tepore del suo appartamento a causa della telefonata di Janvier. A quante persone quella storia stava rovinando il Natale?

«Scusi il disturbo, commissario. La chiamo per il piccolo Lecœur».

«Sa qualcosa? È un suo parente?».

«È il figlio di mio fratello. Probabilmente è stato lui a rompere i vetri delle sette colonnine del Pronto Intervento. Non so se le hanno già detto che dopo quella dell'Étoile ne abbiamo perso le tracce. Vorrei chiederle il permesso di diramare un'allerta generale».

«Può fare un salto da me?».

«Non c'è nessuno che possa sostituirmi qui».

«Dirami l'allerta. Arrivo subito».

Lecœur si manteneva calmo, ma nell'inserire gli spinotti la mano gli tremava un po'.

«Sei tu, Justin? Allerta generale. Trasmetti i dati segnaletici del ragazzino. Non so come è vestito, ma con ogni probabilità ha un giubbotto color cachi ricavato da una vecchia divisa dell'esercito americano. È alto, per la sua età, piuttosto magro. No, niente berretto. Va sempre a capo scoperto, con i capelli che gli ricadono sulla fronte. Forse dovresti trasmettere anche i dati segnaletici del padre. Questo mi viene più difficile. Hai presente me, vero? Be', mi somiglia, ma è più pallido. Ha l'aria timida, malaticcia. È il tipo di persona che non osa occupare il marciapiede e cammina rasente ai muri. Zoppica un po' perché è stato ferito al piede durante l'ultima guerra. No, non ho la minima idea di dove si stiano dirigendo. Non credo che siano insieme. La cosa più probabile è che il bambino sia in pericolo. Perché? Troppo lungo da spiegare. Dirama l'allerta. Avvertitemi qui in ufficio se ci sono novità».

Aveva appena terminato la telefonata che il commissario Saillard era già lì: aveva avuto il tempo di lasciare il Quai des Orfèvres, di attraversare la strada e poi i locali deserti della Questura. Era un uomo imponente e portava un ampio cappotto. Per salutare tutta la squadra si limitò a sfiorare la tesa del cappello, poi prese una sedia come se fosse un fuscello di paglia e vi si sedette a cavalcioni.

«Il bambino?» chiese scrutando Lecœur.

«Mi chiedo perché non chiami più».

«Chiamare?».

«Per quale ragione, se non per segnalare la sua presenza, avrebbe rotto i vetri delle colonnine del Pronto Intervento?».

«E perché darsi la pena di romperli e poi non parlare all'apparecchio?».

«Forse lo inseguivano... O lui inseguiva qualcuno...».

«L'ho pensato anch'io. Senta, Lecœur, suo fratello è in una situazione finanziaria poco brillante?».

«Sì, è povero».

«Solo povero?».

«Tre mesi fa lo hanno licenziato».

«Che cosa faceva?».

«Faceva il linotipista per "La Presse", in rue du Croissant, dove lavorava di notte. Caratteristica di famiglia, a quanto pare».

«Per quale motivo lo hanno licenziato?».

«Credo che abbia litigato con qualcuno».

«Lo fa spesso?».

Furono interrotti da una telefonata. Proveniva dal XVIII arrondissement, dove avevano trovato un bambino per strada, all'angolo di rue Lepic. Vendeva rametti di agrifoglio ed era un piccolo polacco che non conosceva una parola di francese.

«Mi chiedeva se litiga spesso. Non so che dirle. Mio fratello è sempre stato cagionevole. Quando eravamo bambini, passava la maggior parte del tempo rintanato in camera sua a leggere. Ha letto tonnellate di libri. Ma non ha mai frequentato regolarmente la scuola».

«È sposato?».

«La moglie è morta dopo due anni di matrimonio, lasciandolo solo con un figlio di dieci mesi».

«L'ha allevato lui?».

«Sì. Lo rivedo ancora fargli il bagnetto, cambiarlo e preparargli il biberon...».

«Questo non spiega perché litigava».

Certo! Le parole non avevano lo stesso significato nella testa massiccia del commissario e in quella di Lecœur.

«Inasprito?».

«Non troppo. Ci aveva fatto l'abitudine».

«L'abitudine a cosa?».

«A non vivere come gli altri. Forse Olivier – mio fratello si chiama così – non è molto intelligente. Forse, a furia di leggere, ne sa troppo su certi argomenti, e troppo poco su altri».

«Pensa che sarebbe stato capace di uccidere la vecchia Fayet?».

Il commissario diede una boccata alla pipa. Si udivano i passi del telegrafista, al piano di sopra, e gli altri due poliziotti, nella stanza, fingevano di non ascoltare.

«Era sua suocera» sospirò Lecœur. «Tanto prima o poi l'avrebbe scoperto».

«Non andavano d'accordo?».

«Lei lo odiava».

«Perché?».

«Gli rimproverava la morte della figlia, a causa di una certa operazione che non sarebbe stata fatta per tempo. Mio fratello non c'entra affatto, la responsabilità è dell'ospedale, che ha rifiutato di ricoverarla perché mancava non so che documento. Ma la vecchia ha sempre dato la colpa a lui».

«Non si frequentavano?».
«Probabilmente ogni tanto si incrociavano per strada, visto che abitavano nello stesso quartiere».
«Il bambino lo sapeva?».
«Che la Fayet era sua nonna? Non credo».
«Il padre non gliel'ha detto?».
Lecœur teneva lo sguardo fisso sulla mappa, ma a quell'ora le lucine si accendevano di rado e quasi sempre per incidenti stradali. Ci fu anche un borseggio in métro e un furto di bagagli alla Gare de l'Est.
Nessuna notizia del ragazzino. Eppure le vie di Parigi restavano semideserte. Nelle zone più popolose dovevano esserci bambini che collaudavano i giocattoli nuovi sui marciapiedi, ma le finestre erano quasi tutte chiuse e il tepore degli interni appannava i vetri. I negozi avevano le imposte sprangate e nei caffè non c'era che qualche cliente abituale.
Solo le campane suonavano a distesa, riecheggiando sui tetti di tutta la città, mentre famiglie vestite a festa entravano nelle chiese, da dove fuoriusciva, a ondate, la musica degli organi.
«Vuole scusarmi un momento, commissario? Penso sempre al bambino. È chiaro che adesso gli è più difficile rompere i vetri delle colonnine senza attirare l'attenzione. Ma forse potremmo dare un'occhiata nelle chiese. In un bar o in un caffè non passerebbe inosservato. A messa, invece...».
Ritelefonò a Justin.
«Le chiese, vecchio mio! Falle sorvegliare. E anche le stazioni, ora che ci penso».
Si tolse gli occhiali: aveva le palpebre molto arrossate, forse perché non aveva dormito.
«Pronto, centrale operativa! Come? Sì, il commissario è qui».
Passò il ricevitore a Saillard.
«È Janvier, che vuole parlare con lei».

Fuori continuava a soffiare la tramontana, e la luce restava fredda e cruda, ma dietro la cortina di nuvole si intravedeva un riflesso giallo che era come una promessa di sole.

Dopo aver riagganciato, il commissario borbottò:

«Il dottor Paul dice che l'omicidio è stato commesso tra le cinque e le sei e mezzo del mattino. La vecchia non è morta sul colpo. Doveva essere a letto quando ha sentito un rumore. Si è alzata e ha affrontato il suo aggressore, probabilmente picchiandolo con una scarpa».

«L'arma del delitto è stata individuata?».

«No. Potrebbe trattarsi di un tubo di piombo, o di un attrezzo arrotondato, forse un martello».

«Hanno trovato i soldi?».

«Solo il portamonete, che conteneva banconote di piccolo taglio e la carta d'identità. Senta, Lecœur, lei lo sapeva che quella donna prestava a usura?».

«Sì».

«Poco fa mi ha detto che suo fratello aveva perso il lavoro da circa tre mesi, se non sbaglio».

«Esatto».

«La portinaia non lo sapeva».

«Neanche suo figlio. È proprio a causa del figlio che non ha detto niente».

Il commissario accavallò le gambe, poi le accostò di nuovo, a disagio, e guardò gli altri due uomini, che non potevano non sentire. Alla fine fissò Lecœur con aria interrogativa.

«Si rende conto, caro mio, che...?».

«Me ne rendo conto».

«Ci ha pensato?».

«No».

«Perché è suo fratello?».

«No».

«A quando risale il primo omicidio? Nove settimane fa, vero?».

Lecœur consultò con calma il taccuino, cercando una crocetta in una precisa colonna.

«Nove settimane e mezzo. Il primo delitto è avvenuto nel quartiere di Épinettes, dall'altro lato della città».

«Mi ha appena detto che suo fratello non ha confessato al figlio di essere disoccupato. Quindi continuava a uscire di casa e a rientrare alla stessa ora? Perché?».

«Per non perdere la faccia».

«In che senso?».

«È difficile da spiegare. Non è un padre come gli altri. Ha allevato il figlio senza nessun aiuto e vivono loro due da soli. Sono una famiglia, capisce? Durante il giorno mio fratello cucina e fa le pulizie, prima di uscire mette a letto il bambino e lo sveglia quando rientra...».

«Questo non spiega...».

«Crede che un padre così accetterebbe mai di passare, agli occhi del figlio, per un poveraccio a cui vengono chiuse tutte le porte perché non sa adattarsi?».

«E come trascorreva le notti negli ultimi mesi?».

«Per un paio di settimane ha ottenuto un posto di guardiano in una fabbrica di Billancourt, ma era solo un rimpiazzo temporaneo. Per lo più lavava le macchine nelle autorimesse. In mancanza di altro, faceva il facchino alle Halles. Quando gli veniva un attacco...».

«Un attacco di che?».

«Di asma... Ogni tanto gli capita... Andava a stendersi nella sala d'attesa di una stazione... Una volta è venuto qui da me e abbiamo chiacchierato un po'...».

«Mettiamo che stamattina presto il bambino abbia visto il padre a casa della Fayet...».

«I vetri erano incrostati di ghiaccio».

«No, se avevano lasciato uno spiraglio per far circolare l'aria. Molta gente dorme con la finestra aperta anche in pieno inverno».

«Non è il caso di mio fratello. È freddoloso, e sono troppo poveri per permettersi di disperdere il calore».

«Il bambino potrebbe aver scrostato il vetro con le unghie. Quando ero piccolo, io...».

«Anch'io. Bisognerebbe sapere se hanno trovato la finestra aperta a casa della Fayet».

«La finestra era aperta e la luce accesa».

«Mi chiedo dove possa essere François».

«Il bambino?».

Era strano, un po' sconcertante, vederlo pensare solo al nipote. Quasi più sconcertante di sentirgli dichiarare senza battere ciglio cose che aggravavano la posizione del fratello.

«Quando è rincasato, stamattina, era carico di pacchetti. Di questo che ne dice?».

«È Natale».

«Servono quattrini per comprare un pollo, delle paste e una radio. È venuto a chiederle un prestito di recente?».

«Non nell'ultimo mese. E mi dispiace perché gli avrei detto di non prendere una radio per François. Ne ho una qui, nell'armadietto, e contavo di portargliela uscendo dal lavoro».

«La Fayet avrebbe accettato di prestare soldi al genero?».

«È improbabile. Era un tipo bizzarro. Doveva aver messo da parte un bel gruzzolo, eppure continuava a lavorare dalla mattina alla sera. Spesso era lei a prestare soldi, con interessi altissimi, alle persone da cui andava a servizio. Lo sapevano tutti, nel quartiere. E quando qualcuno non riusciva ad arrivare a fine mese si rivolgeva a lei».

Il commissario si alzò, sempre un po' a disagio.

«Vado a farmi un giro da quelle parti» annunciò.

« A casa della vecchia? ».

« Dalla vecchia e in rue Vasco-de-Gama. Se ha novità, mi avverta ».

« Nessuno dei due stabili è fornito di telefono. Le lascerò un messaggio in ufficio ».

Il commissario si chiuse la porta alle spalle ed era già per le scale quando arrivò la chiamata. Non si era accesa nessuna lucina: proveniva dalla Gare d'Austerelitz.

« Lecœur? Sono il commissario della stazione. L'abbiamo preso ».

« Preso, chi? ».

« Il tizio che ci era stato segnalato. Si chiama Lecœur, come lei. Olivier Lecœur. Gli ho controllato la carta di identità ».

« Un momento ».

Corse verso la porta e si precipitò giù per le scale. Solo in cortile, accanto alle auto di servizio, riuscì a raggiungere Saillard proprio mentre saliva a bordo di una macchina della Questura.

« Una chiamata dalla Gare d'Austerlitz. Hanno trovato mio fratello ».

Il corpulento commissario risalì le scale sospirando e prese la cornetta.

« Pronto? Sì... Dov'era?... Cosa faceva?... Che ha detto?... Come?... No, può fare a meno di interrogarlo... Sicuro che non lo sa?... Continuate a sorvegliare la stazione... È molto probabile... Quanto a lui, mandatemelo subito... ».

Guardò titubante Lecœur.

« Sì, scortato. È più prudente ».

Il commissario si caricò la pipa e la accese, e soltanto dopo, come se non si rivolgesse a nessuno in particolare, spiegò:

« Quando l'hanno preso, gironzolava da più di un'ora tra la sala d'attesa e le banchine. Sembrava molto agitato. Ha parlato di un messaggio del figlio. Starebbe aspettando il bambino».

«Gli hanno detto che la vecchia è morta?».

«Sì, la notizia sembra averlo terrorizzato. Lo porteranno a breve».

E aggiunse esitante:

«Ho preferito farlo venire qui. Dato che è suo parente, non volevo che lei pensasse...».

«La ringrazio».

Lecœur era in quell'ufficio, sulla stessa sedia, dalle undici della sera prima, un po' come quando, da bambino, passava le giornate nella cucina della madre. Tutto era immobile. Ogni tanto si accendeva una lucina, lui inseriva uno spinotto in un foro, e il tempo fluiva senza scosse, inavvertito. Eppure, fuori, Parigi aveva vissuto il Natale: migliaia di persone avevano assistito alla messa di mezzanotte, altre avevano festeggiato rumorosamente al ristorante, alcuni ubriachi avevano passato la notte in camera di sicurezza e ora si svegliavano davanti a un commissario, i bambini di lì a poco si sarebbero precipitati verso l'albero illuminato.

Cosa aveva fatto suo fratello Olivier nel frattempo? Una vecchia era morta, un bambino aveva corso a perdifiato per le strade deserte, prima che si alzasse il sole, rompendo i vetri di numerose colonnine del Pronto Intervento con il pugno avvolto in un fazzoletto.

Chi aspettava, Olivier, teso, nervoso, nella sala d'attesa surriscaldata e sulle banchine ventose della Gare d'Austerlitz?

Passarono meno di dieci minuti – il tempo, per Godin, che aveva davvero il naso gocciolante, di farsi un altro grog.

«Ne preparo uno anche a lei, commissario?».

«No, grazie».

Imbarazzato, Saillard disse sottovoce a Lecœur:

«Preferisce che andiamo a interrogarlo in un'altra stanza?».

Ma Lecœur non voleva saperne di lasciare le sue lucine e i suoi spinotti, che lo collegavano a tutta Parigi. Passi per le scale: Olivier scortato da due poliziotti, che però non l'avevano ammanettato.

Sembrava una brutta fotografia di André, sbiadita dal tempo. Il suo sguardo corse subito al fratello.

«François?».

«Ancora nessuna notizia. Lo stanno cercando».

«Dove?».

E Lecœur non poté che indicare la mappa di Parigi e il quadro del centralino dai mille fori.

«Dappertutto».

Congedati i due agenti di scorta, il commissario disse:

«Si sieda. L'hanno già informata della morte della vecchia Fayet, no?».

Olivier non portava gli occhiali ma aveva lo stesso sguardo scialbo e sfuggente del fratello quando si toglieva le lenti, sicché dava sempre l'impressione di aver pianto. Osservò un istante il commissario, senza dargli importanza.

«Mi ha lasciato un biglietto...» disse frugando nelle tasche del suo vecchio impermeabile. «Capisci, non è vero?...».

E porse al fratello un foglio strappato da un quaderno di scuola. La grafia non era molto ordinata: con ogni probabilità il bambino non era il più bravo della classe. Aveva usato una matita viola, inumidendone la punta, perciò ora doveva avere le labbra macchiate.

«Lo zio Gédéon arriva stamattina alla Gare d'Austerlitz. Raggiungici al più presto.

«Baci,

Bib».

Senza dire una parola, André Lecœur allungò il foglio al commissario, che se lo rigirò più volte tra le manone.

«Perché "Bib"?».

«È così che lo chiamo a casa. Mai davanti agli altri, perché lo metterei in imbarazzo. Viene dal biberon che gli preparavo quando era piccolo».

Parlava con voce neutra, senza accento, probabilmente senza vedere altro che una specie di nebbia in cui si muovevano delle ombre.

«Chi è questo zio Gédéon?».

«Non esiste».

Si rendeva conto di parlare con il capo della Squadra anticrimine, incaricato di condurre un'inchiesta su un delitto?

André spiegò:

«A essere precisi, non esiste più. Era un fratello di nostra madre, di nome Gédéon, partito giovanissimo per l'America».

Olivier lo guardò come a dirgli:

«Che motivo c'è di raccontare tutto questo?».

«In famiglia avevamo preso l'abitudine di dire scherzando: "Prima o poi ci arriverà l'eredità dello zio Gédéon"».

«Era ricco?».

«Lo ignoravamo. Non dava mai sue notizie. Solo una cartolina a Capodanno, firmata: "Gédéon"».

«È morto?».

«Quando Bib aveva quattro anni».

«Pensi che sia utile parlarne, André?».

«Stiamo cercando di trovarlo, lasciami fare».

E al commissario:

«Mio fratello ha continuato la tradizione di famiglia raccontando al figlio dell'eredità dello zio Gédéon. Era diventato una specie di personaggio leggendario. Tutte le sere, prima di addormentarsi, il bambino chiedeva una storia dello zio Gédéon, a cui veniva attribuita una vita molto avventurosa. Naturalmente possedeva favolose ricchezze e, una volta tornato...».

«Credo di capire. E come è morto?».

«In ospedale. A Cleveland, dove faceva il lavapiatti in un ristorante. Non l'abbiamo mai detto al bambino, e la storia è andata avanti».

«Ci crede?».

Il padre intervenne, timidamente. Per poco non alzava la mano, come a scuola.

«Mio fratello sostiene di no. A suo parere, François ha capito e ormai per lui è solo un gioco. Secondo me, invece, ci crede ancora. Quando i suoi compagni gli hanno detto che Babbo Natale non esiste, ha continuato a contraddirli per due anni...».

Parlando del figlio, Olivier riprendeva vita, si trasfigurava.

«Non riesco a capire perché mi ha scritto quel biglietto. Ho chiesto alla portinaia se era arrivato un telegramma. Per un attimo ho pensato che André ci avesse fatto uno scherzo. Perché François è uscito di casa alle sei di mattina, scrivendomi di andare alla Gare d'Austerlitz? Mi sono precipitato lì come un pazzo. Ho cercato ovunque. Mi aspettavo di vederlo arrivare da un momento all'altro. Senti, André, tu sei sicuro che...?».

Guardava la mappa sulla parete, il centralino. Sapeva che tutte le disgrazie, tutti gli incidenti di Parigi approdavano inevitabilmente lì.

«Non l'hanno trovato» disse Lecœur. «Continuano a cercarlo. Verso le otto era nella zona dell'Étoile».

«Come lo sai? L'hanno visto?».

«È difficile spiegartelo. Lungo la strada da casa tua all'Arc de Triomphe qualcuno ha rotto i vetri delle colonnine del Pronto Intervento. Ai piedi dell'ultima è stato rinvenuto un fazzoletto da bambino a quadri blu».

«François ha dei fazzoletti a quadri blu».

«Dalle otto, più niente».

«Ma allora devo tornare subito alla stazione. Andrà senz'altro là, visto che mi ha dato appuntamento».

Si stupì del pesante silenzio che a un tratto cadde intorno a lui, li guardò a turno, sorpreso, poi preoccupato.

«Che cosa...?».

Il fratello abbassò il capo, mentre il commissario tossicchiò, prima di chiedergli con voce esitante:

«Ha fatto visita a sua suocera, stanotte?».

Forse, come aveva lasciato intendere André, Olivier non aveva un'intelligenza del tutto normale... Le parole ci misero un bel po' ad arrivargli al cervello. E in qualche modo gli si poté seguire sul volto il lento procedere del pensiero.

Distolse lo sguardo dal commissario, si voltò verso il fratello e, tutto rosso in viso, con gli occhi lucidi, esclamò:

«André! Sei stato tu a...?».

Di punto in bianco smise di agitarsi, si chinò in avanti sulla sedia, si prese la testa fra le mani e cominciò a piangere con singhiozzi soffocati.

III

Il commissario guardò imbarazzato Lecœur, si stupì della sua calma e forse gli rimproverò tra sé quella che dovette scambiare per indifferenza. Probabilmente era figlio unico... André, invece, era cresciuto con il fratello. Aveva assistito alle sue crisi fin da bambino e, nel caso specifico, era quasi contento perché poteva andare molto peggio: al posto delle lacrime, di quella rassegnazione inerme, di quella specie di inebetimento, c'era il rischio di doversi sorbire un Olivier indignato, enfatico, pronto a insultare chiunque.

Non era forse così che aveva perso pressoché tutti i lavori? Per settimane, per mesi, curvava la schiena, rimuginava le umiliazioni, covava il suo malessere, poi di colpo, quando gli altri meno se lo aspettavano, quasi sempre per un motivo futile – una parola detta alla leggera, un sorriso, una divergenza da nulla – dava in escandescenze.

« Che devo fare? » chiedeva lo sguardo del commissario.

E gli occhi di André Lecœur rispondevano:

« Aspettare... ».

Non ci volle molto. I singhiozzi, come quelli di un bambino, andavano smorzandosi, sembravano spegnersi e riprendevano per un istante con più forza. Poi Olivier tirò su con il naso, si guardò timidamente intorno ancora un po' imbronciato e si nascose il viso tra le mani.

Alla fine drizzò la schiena, offeso, rassegnato, e disse non senza fierezza:

« Mi faccia le domande che vuole, risponderò ».

« Stanotte a che ora è andato dalla Fayet? Anzi no, prima mi dica a che ora è uscito di casa ».

« Alle otto, come sempre, dopo aver messo a letto mio figlio ».

« E non era successo niente di insolito? ».

« No, avevamo cenato e poi François mi aveva aiutato a lavare i piatti ».

« Avevate parlato del Natale? ».

« Sì, gli avevo lasciato intendere che avrebbe trovato una sorpresa al risveglio ».

« Il bambino si aspettava di ricevere una radio? ».

«La desiderava da tempo. Non gioca per strada, non ha amici, passa tutto il tempo libero in casa».

«Non ha pensato che suo figlio potrebbe sapere del suo licenziamento? Non capitava mai che le telefonasse alla “Presse”?».

«No, mai. Quando sono al lavoro, lui dorme».

«Magari gliel’ha detto qualcuno».

«Nel quartiere non lo sa nessuno».

«È un bambino dotato di spirito di osservazione?».

«Non gli sfugge niente».

«Lei gli ha dato la buonanotte ed è uscito. Di solito si porta dietro uno spuntino?».

Al commissario era venuto in mente vedendo Godin scartare un sandwich al prosciutto. E, guardandosi le mani vuote, Olivier Lecœur mormorò:

«La mia scatola di latta!».

«Quella in cui mette lo spuntino?».

«Sì, ieri sera ce l’avevo, ne sono certo. C’è un solo posto dove posso averla lasciata...».

«A casa della Fayet?».

«Sì».

«Aspetti... Lecœur, chiami il commissariato di Javel... Pronto, chi parla?... Janvier è lì da voi? Me lo passi, per favore... Sei tu, Janvier?... Hai perquisito l’appartamento della vecchia? Hai notato una scatola di latta con dentro uno spuntino?... Niente del genere?... Ne sei sicuro?... Sì, è meglio... Richiamami dopo che hai controllato... È importante...».

E girandosi verso Olivier:

«Suo figlio dormiva quando lei è uscito?».

«Non ancora, ci siamo salutati con un bacio. Io ho gironzolato un po’ nel quartiere, poi sono andato fino alla Senna e mi sono messo ad aspettare seduto sul parapetto».

«Ad aspettare cosa?».

«Che il bambino si addormentasse profondamente. Da casa nostra si vedono le finestre della signora Fayet».

«Aveva deciso di andare a trovarla?».

«Era l'unica possibilità. Non avevo più neanche gli spiccioli per il métro».

«E suo fratello?».

I due Lecœur si guardarono.

«Gli ho chiesto tanti di quei soldi ultimamente che dev'essere rimasto al verde».

«Ha bussato al portone dello stabile? Che ora era?».

«Le nove e qualcosa. La portinaia mi ha visto passare. Non mi nascondevo, se non da mio figlio».

«Sua suocera era a letto?».

«No, mi ha aperto e ha esclamato:

«"Eccoti, mascalzone!"».

«Ciononostante lei pensava che le avrebbe dato dei soldi?».

«Ne ero pressoché certo».

«Perché?».

«Mi bastava prospettarle un grosso guadagno. Non poteva resistere. Le ho firmato una carta in cui riconoscevo di doverle il doppio della somma ricevuta».

«Da pagare quando?».

«Entro quindici giorni».

«E come avrebbe fatto alla scadenza?».

«Non lo so. Mi sarei arrangiato. Volevo che mio figlio avesse il suo Natale».

André Lecœur fu tentato di interrompere il fratello per dire allo stupito commissario:

«È sempre stato così».

«Ha ottenuto con facilità quello che chiedeva?».

«No, abbiamo discusso a lungo».

«Quanto tempo, più o meno?».

«Una mezz'ora. Mi ha detto che ero un buono a nulla, che ero stato la rovina di sua figlia e che era colpa mia se era morta. Non ho replicato. Volevo i quattrini».

«L'ha minacciata?».

Olivier arrossì, chinò il capo e balbettò:

«Le ho detto che, se non avessi avuto quei soldi, mi sarei ammazzato».

«L'avrebbe fatto?».

«Non credo. Non lo so. Ero molto stanco, molto scoraggiato».

«E una volta in possesso della somma?».

«Sono andato a piedi fino alla stazione di Beaugrenelle, dove ho preso il métro. Sono sceso al Palais Royal e sono entrato ai grandi magazzini del Louvre. C'era molta folla, bisognava fare la coda davanti agli scaffali».

«Che ora era?».

«Saranno state le undici. Non avevo fretta. Sapevo che il negozio sarebbe rimasto aperto per tutta la notte. Faceva caldo. C'era un trenino elettrico in funzione».

Il fratello rivolse un lieve sorriso al commissario.

«Non si era accorto di aver perso la scatola di latta con lo spuntino?».

«Pensavo solo al Natale di Bib».

«Insomma, era tutto contento di avere dei soldi in tasca...».

Il commissario aveva colto nel segno, senza bisogno di conoscere Olivier fin da bambino. Tanto poteva essere depresso, scialbo, con le spalle curve e il passo strascicato quando era al verde, tanto diventava ottimista, addirittura incosciente, non appena disponeva di qualche banconota.

«Mi ha detto di aver firmato una carta. Che ne ha fatto, sua suocera?».

«L'ha conservata in un vecchio portafoglio che ha

sempre con sé, in una tasca agganciata alla cintura, sotto la gonna».

«Lei sapeva di questo portafoglio?».

«Sì, lo sanno tutti».

Il commissario si rivolse ad André Lecœur:

«Non è stato trovato».

E a Olivier:

«Così ha comprato la radio, poi il pollo e le paste... Dove?».

«In rue Montmartre, in una bottega che conosco, accanto a un negozio di scarpe».

«Cosa ha fatto per il resto della notte? Che ora era quando ha lasciato la bottega di rue Montmartre?».

«Quasi mezzanotte. La gente usciva dai teatri, dai cinema, e si riversava nei ristoranti. C'erano allegre comitive, parecchie coppie».

A quell'ora André era già lì in ufficio, davanti al centralino.

«Ero sui Grands Boulevards, all'altezza del Crédit Lyonnais, con i pacchetti in mano, quando le campane si sono messe a suonare. La gente si è abbracciata per strada».

Chissà perché, Saillard si sentì in dovere di porre una domanda insensata, crudele:

«A lei non l'ha abbracciata nessuno?».

«No».

«Sapeva dove andare?».

«Sì. All'angolo del boulevard des Italiens c'è un cinema che resta aperto tutta la notte».

«C'era già stato?».

«Un paio di volte» rispose Olivier un po' imbarazzato, evitando di guardare il fratello. «Costa quanto prendere un caffè al bar e puoi restare lì, al caldo, per tutto il tempo che vuoi. Alcuni ci vanno per dormire».

«Quand'è che ha deciso di passare la notte al cinema?».

«Appena ho avuto i soldi».

E l'altro Lecœur, l'uomo calmo e meticoloso del centralino, avrebbe voluto spiegare al commissario:

«Sa, i poveri diavoli non sono così infelici come si crede. Altrimenti non resisterebbero. Hanno il loro mondo, al pari degli altri, e, all'interno di questo mondo, un certo numero di piccoli piaceri».

André conosceva bene la mentalità del fratello, al quale era bastato un po' di denaro in prestito – e Dio sa come avrebbe fatto a restituirlo! – per scordarsi le sue pene e pensare solo alla gioia del figlio l'indomani mattina, senza per questo rinunciare a concedersi una piccola ricompensa personale!

Era andato al cinema, da solo, mentre le famiglie erano riunite intorno alle tavole imbandite, altri ballavano nei locali notturni e altri ancora si salvavano l'anima nella penombra delle chiese appena rischiarate dalla fiamma guizzante dei ceri.

Insomma, anche Olivier aveva avuto il suo Natale, un Natale su misura per lui.

«A che ora è uscito dal cinema?».

«Poco prima delle sei, per prendere il métro».

«Che film ha visto?».

«*Cuori ardenti.* Davano anche un documentario sulla vita degli eschimesi».

«Ha visto lo spettacolo una volta sola?».

«Due volte, tranne il cinegiornale, che stavano proiettando di nuovo quando me ne sono andato».

André Lecœur sapeva che avrebbero verificato tutto, se non altro per prassi. Ma non fu necessario: suo fratello si frugò le tasche e tirò fuori un cartoncino strappato, il biglietto del cinema, e un altro cartoncino rosa.

«Ecco qui il biglietto del métro».

Vi erano riportati l'ora, la data e il nome della stazione Opéra dove era stato preso.

Olivier non aveva mentito. Tra le cinque e le sei e mezzo del mattino non poteva essere nella stanza della vecchia Fayet.

Adesso gli brillava negli occhi una luce di sfida, con un che di sprezzante, come a dire a tutti, compreso il fratello:

«Avete sospettato di me perché sono un poveraccio. È la regola, non ve ne voglio».

E, cosa strana, a un tratto parve esserci più freddo nella sala, dove un impiegato parlava al telefono con un commissariato di periferia a proposito di un furto d'auto.

Con ogni probabilità dipendeva dal fatto che, risolta la questione Lecœur, i pensieri di tutti convergevano di nuovo sul bambino. Tant'è che istintivamente gli sguardi andarono alla mappa di Parigi dove, già da un pezzo, le lucine avevano smesso di accendersi.

C'era poco movimento, a quell'ora. In un giorno feriale sarebbero arrivate occasionali segnalazioni di incidenti stradali: più che altro vecchie signore investite da un'auto mentre attraversavano un animato incrocio di Montmartre o di quartieri sovrappopolati.

A Natale le strade erano pressoché deserte, come nel mese di agosto, quando la maggior parte dei parigini è in campagna o al mare.

Erano le undici e mezzo. Da più di tre ore non si sapeva niente del bambino, non arrivava alcun segno da lui.

«Pronto! Sì, ti sento, Janvier... Nessuna scatola di latta nell'appartamento?... Sei stato tu a controllare i vestiti della vittima?... Ah, l'aveva già fatto Gonesse... Sicuro che la Fayet non avesse un vecchio portafoglio sotto la gonna? Ne hai sentito parlare... Come? La portinaia ha visto salire qualcuno ieri sera, verso le nove e mezzo?... So chi era... E dopo? Un certo andirivieni per le scale... Capisco... Ti dispiace fare un salto nell'altro stabile?... Sì, quello che dà sul retro... Chiedi se ci sono stati rumori nel corso della notte, in particolare al terzo piano. Sì, richiamami... ».

Saillard si girò verso il padre del bambino, che sedeva, di nuovo immobile e remissivo, come nella sala d'aspetto di un medico.

« Intuisce il motivo della mia domanda?... Suo figlio è solito svegliarsi nel corso della notte? ».

« A volte è sonnambulo ».

« Si alza e comincia a camminare? ».

« No, si siede in mezzo al letto e grida. Sempre la stessa storia. Crede che la casa stia andando a fuoco. Ha gli occhi spalancati ma non vede nulla. Poi, a poco a poco, si calma, fa un sospiro profondo e torna a distendersi. L'indomani non ricorda più niente ».

« Quando lei rincasa, al mattino, lo trova sempre addormentato? ».

« No, non sempre. Ma in ogni caso finge di dormire, così vado a svegliarlo con un bacio e una tirata di naso. Un gesto affettuoso, capisce? ».

« È probabile che i vicini siano stati più rumorosi la notte scorsa. Chi abita nell'appartamento accanto al vostro? ».

« Un ceco che lavora nella fabbrica di automobili ».

« Sposato? ».

« Non lo so. C'è tanta di quella gente nello stabile, e gli inquilini cambiano così spesso che non si fa in tempo a conoscersi bene. Di solito, il sabato, il ceco invita cinque o sei amici a bere e a cantare canzoni del loro paese ».

« Aspettiamo che telefoni Janvier per sapere se ieri hanno fatto festa. Suo figlio potrebbe essersi svegliato per il baccano, e in ogni caso doveva essere eccitato per la sorpresa che gli aveva promesso. Se si è alzato, è probabile che sia andato istintivamente alla finestra e che l'abbia vista a casa della vecchia Fayet. Il bambino era all'oscuro dei vostri rapporti di parentela?».

«Sì. Lei non gli piaceva affatto, la chiamava "la cimice". Gli capitava spesso di incrociarla per strada e sosteneva che puzzava come una cimice schiacciata».

François doveva intendersene, dato che di bestiacce del genere ce n'erano senz'altro parecchie nel casermone dove abitavano.

«Quindi si sarebbe stupito scorgendola a casa della Fayet?».

«Senza dubbio».

«Sapeva che la Fayet era un'usuraia?».

«Lo sapevano tutti».

Il commissario si voltò verso l'altro Lecœur.

«Ci sarà qualcuno, oggi, alla "Presse"?».

Fu l'ex tipografo a rispondere:

«C'è sempre qualcuno».

«Telefoni, allora. Cerchi di appurare se di recente hanno dato informazioni su Olivier Lecœur».

Questi si girò di nuovo e, senza dare al fratello il tempo di consultare l'elenco degli abbonati, recitò a memoria il numero della «Presse».

Durante la telefonata non potevano far altro che scambiarsi occhiate tra loro e poi guardare le lucine che si ostinavano a non accendersi più.

«È molto importante, signorina. Potrebbe essere questione di vita o di morte... Sì!... Mi faccia il favore di chiedere a tutti quelli che sono lì in questo momento... Come dice? Non so cosa farci! È Natale anche per me, eppure le sto telefonando...». Mugugnò fra i denti:

«Che strega!».

E si rimisero ad aspettare, con in sottofondo il ticchettio della linotype.

«Pronto!... Come?... Tre settimane fa?... Un bambino, sì...».

Il padre era diventato pallidissimo e si fissava le mani.

« Non ha telefonato... È venuto di persona... Verso che ora? Un giovedì? E poi?... Ha chiesto se Olivier Lecœur lavorava in tipografia... Come?... Cosa gli avete risposto?... ».

Il fratello, alzando lo sguardo, lo vide arrossire e riattaccare con un gesto rabbioso.

« Tuo figlio è andato alla "Presse"... Un giovedì pomeriggio... Doveva sospettare qualcosa... Gli hanno detto che non lavoravi più lì da parecchie settimane ».

Meglio non ripetere la frase che gli avevano appena riferito. In realtà la risposta data a François era stata:

« L'abbiamo messo alla porta da un pezzo, quell'imbecille! ».

Non per cattiveria, forse, ma perché non avevano pensato che quel bambino potesse essere il figlio.

« Cominci a capire, Olivier? ».

Il padre usciva ogni sera portandosi dietro il suo spuntino, parlava della tipografia di rue du Croissant, e il figlio sapeva che erano tutte bugie.

Non bisognava concluderne che conosceva la verità anche sul famoso zio Gédéon?

Era stato al gioco.

« E io che gli ho promesso la radio... ».

Non osavano quasi più parlare, perché le parole rischiavano di evocare immagini spaventose.

Anche quelli che non erano mai stati in rue Vasco-de-Gama ora si figuravano il modesto appartamento, il bambino di dieci anni che vi passava lunghe ore da solo, e quello strano legame tra padre e figlio che, per paura di darsi un dispiacere, si mentivano a vicenda.

Per ricostruire i fatti avrebbero dovuto vederli con gli occhi del bambino: il padre che se ne andava dopo essersi chinato sul letto per baciarlo in fronte, mentre tutt'intorno era Natale, e i vicini bevevano e cantavano le loro canzoni a squarciagola.

« Domani mattina troverai una sorpresa ».

Non poteva essere altro che la tanto desiderata radio, e Bib sapeva quanto costava.

Sapeva anche che quella sera il portafoglio del padre era vuoto?

Il padre usciva come per andare al lavoro, e quel lavoro non esisteva.

Forse il bambino aveva cercato di prendere sonno. Dirimpetto a casa sua, dall'altro lato del cortile, si parava un'enorme muraglia inframmezzata dai buchi chiari delle finestre, che inquadravano variopinti scorci di vita.

Il piccolo François doveva essersi piazzato dietro ai vetri, in camicia da notte, per guardare fuori.

Suo padre, che non aveva soldi, intendeva comprargli una radio...

Il commissario sospirò e batté la pipa contro il tacco, vuotandola sul pavimento.

« Con ogni probabilità l'ha vista a casa della vecchia ».

« Sì ».

« Verifichiamo subito una cosa. Voi abitate al terzo piano e la Fayet all'ammezzato. Immagino che dalle vostre finestre si scorga solo una parte della camera in questione ».

« Esatto ».

« Suo figlio avrebbe potuto vederla uscire? ».

« No, la porta è in fondo ».

« Lei si è mai avvicinato alla finestra? ».

« Mi sono seduto sul davanzale ».

« Un particolare che può essere importante. C'era uno spiraglio? ».

« Sì, mi ricordo di aver avvertito come una lama

fredda nella schiena. Mia suocera ha sempre dormito con la finestra aperta, estate e inverno. Era una donna di campagna. Ha vissuto per qualche tempo con noi, dopo il matrimonio».

Il commissario si girò verso l'ispettore.

«Ci aveva pensato, Lecœur?».

«Ci penso da stamattina. Se la finestra era aperta, la differenza tra la temperatura esterna e quella interna non era così forte da far ghiacciare i vetri».

Una chiamata. Lo spinotto venne inserito in un foro.

«Sì... Come dice?... Un bambino?...».

Intorno a lui tutti drizzarono le orecchie.

«Sì, sì... Come?... Mandate gli agenti ciclisti a perlustrare il quartiere... Io mi occupo della stazione... Quanto tempo è passato?... Una mezz'ora?... E non poteva avvertire prima?...».

Senza dare spiegazioni agli altri, Lecœur cacciò lo spinotto in un altro foro.

«Gare du Nord?... Chi parla?... Sei tu, Lambert?... Senti, una cosa urgentissima... Fa' setacciare da cima a fondo la stazione... Bisogna controllare tutti gli angoli, tutti i binari... Chiedi agli impiegati se hanno visto un bambino sui dieci anni aggirarsi intorno agli sportelli della biglietteria, non importa la destinazione... Come?... Se è accompagnato?... Può darsi... Non ha importanza... Non c'è tempo da perdere!... Tienimi informato... Certo, bisogna prenderlo...».

«Accompagnato?» ripeté sgomento il fratello.

«Perché no? Tutto è possibile. Magari non è lui, ma se lo è, abbiamo mezz'ora di ritardo... Un droghiere di rue Maubeuge che espone frutta e verdura all'aperto, nei pressi della Gare du Nord, ha notato un bambino che sgraffignava due arance e se la dava a gambe... Non gli è corso dietro... Solo dopo un pezzo, vedendo passare un vigile, ha segnalato il furto, per scrupolo di coscienza...».

«Suo figlio aveva con sé dei soldi?» chiese il commissario. «No? Sicuro? Non aveva un salvadanaio?».

«Ce l'aveva. Ma due giorni fa ho preso il poco che c'era dentro, con la scusa che non volevo cambiare una banconota di grosso taglio».

Quanta importanza assumevano adesso quei dettagli!

«Non crede che farei meglio ad andare io stesso alla Gare du Nord?».

«Penso che sarebbe inutile e che invece potremmo avere bisogno di lei qui».

Erano un po' come prigionieri di quella stanza, della grande mappa luminosa, dell'apparecchiatura del centralino che li metteva in contatto con tutta Parigi. Qualunque cosa accadesse, quello era il primo posto in cui sarebbe arrivata la notizia. Il commissario lo sapeva benissimo, tant'è che non era tornato nel suo ufficio e che alla fine si era deciso a togliersi il cappotto, come se ormai facesse parte della centrale operativa.

«Dunque non ha potuto prendere né il métro né un autobus, e non è potuto entrare in un caffè o in una cabina telefonica per chiamare. Non mangia da stamattina alle sei».

«Ma che starà facendo?» esclamò il padre tornando ad agitarsi. «E perché mi ha mandato alla Gare d'Austerlitz?».

«Forse per aiutarla a scappare» disse Saillard sottovoce.

«A scappare, io?».

«Senta, amico mio...».

Il commissario dimenticava che Olivier era il fratello dell'ispettore Lecœur e lo trattava come un «cliente».

«Il bambino sa che lei è disoccupato, che non sa più a che santo votarsi, e ciononostante gli ha promesso un Natale sontuoso...».

«Anche mia madre faceva mesi di sacrifici per il nostro Natale...».

«Non le sto rimproverando nulla, mi limito a constatare i fatti. Suo figlio si affaccia alla finestra e la vede in casa di una vecchia megera che presta soldi a usura. Cosa ne deduce?».

«Capisco...».

«Si persuade che è andato a chiedere un prestito. Bene. Magari l'idea lo commuove, o lo rattrista, chissà. Torna a letto e si riaddormenta».

«Lei crede?».

«Ne sono pressoché certo. Se avesse scoperto alle nove e mezzo di sera quello che ha scoperto alle sei di mattina, non sarebbe rimasto tranquillamente in camera sua».

«Continui».

«Si riaddormenta. Forse pensa più alla radio che a quanto dev'esserle costato procurarsi i quattrini. Lei non è forse andato al cinema? Ha il sonno agitato, come tutti i bambini durante la notte di Natale. Si sveglia più presto del solito, mentre c'è ancora buio, e nota i cristalli di ghiaccio che si sono formati sui vetri. Non dimentichi che è la prima gelata dell'inverno. Il bambino vuole vederli da vicino, toccarli...».

L'altro Lecœur, quello degli spinotti, quello delle crocette sul taccuino, trattenne un sorriso constatando che il massiccio commissario era rimasto più bambino di quanto ci si potesse aspettare.

«Ha grattato il vetro con le unghie...».

«Come ha fatto qui, stamattina, anche Sommer» intervenne André Lecœur.

«Se occorre, la Scientifica ce ne fornirà le prove. Sciolto il ghiaccio, infatti, dovranno esserci le impronte delle dita sul vetro. Qual è la prima cosa che attira l'attenzione del bambino? Nel buio in cui è ancora immerso il quartiere una finestra, una sola, è illuminata, ed è appunto quella della camera in cui ha visto il padre per l'ultima volta. Verificheremo i particolari, ma scommetto che François ha scorto, in parte o per intero, il corpo sul pavimento. Anche se ne avesse scorto solo i piedi, in aggiunta al fatto che c'era la luce accesa, avrebbe fatto due più due».

«E ha creduto...?» cominciò Olivier spalancando gli occhi.

«Ha creduto che l'avesse uccisa, sì, cosa che anch'io non ero lontano dal credere. Rifletta, Lecœur. L'assassino che da parecchie settimane colpisce nei quartieri più disparati di Parigi è un individuo che va in giro di notte, come lei. E, come lei, è una persona che ha subìto un duro colpo, perché nessuno si mette ad ammazzare senza motivo dall'oggi al domani. Suo figlio lo sa, che cosa fa la notte da quando ha perso il lavoro?».

E aggiunse:

«Poc'anzi ci ha raccontato di essersi seduto sul davanzale della finestra. Dove aveva posato la scatola di latta?».

«Accanto a me, ne sono pressoché certo...».

«Quindi François l'ha vista... Ma non sapeva a che ora era andato via da casa della Fayet... Né se in quel momento la vecchia era ancora viva... Deve aver pensato che la luce fosse rimasta accesa per tutta la notte...

«Cosa l'avrebbe colpita di più, al suo posto?».

«La scatola...».

«Proprio così. La scatola di latta che avrebbe permesso alla polizia di identificarla. C'è il suo nome sopra?».

«L'ho inciso con un temperino».

«Capisce, adesso? François ha supposto che lei sarebbe rientrato alla solita ora, cioè tra le sette e le otto. Non era sicuro di riuscire nell'impresa, e in ogni caso preferiva non tornare a casa. Bisognava tenerla lontano dal pericolo».

«È per questo che mi ha lasciato un biglietto?».

«Si è ricordato dello zio Gédéon. Le ha scritto che arrivava alla Gare d'Austerlitz. Sapeva che lei ci sarebbe andato, anche se lo zio Gédéon non esisteva. Il testo non doveva comprometterla in alcun modo...».

«Ma ha solo dieci anni e mezzo!» protestò il padre.

«Se pensa che un bambino di dieci anni e mezzo non possa essere più ferrato di lei, in queste cose... Suo figlio legge i romanzi polizieschi?».

«Sì...».

«Magari, se desidera una radio, non è tanto per la musica o le recite teatrali, quanto per i polizieschi a puntate...».

«Ha ragione».

«Per prima cosa bisognava recuperare la scatola compromettente. François avrà giocato spesso in cortile, doveva conoscerlo bene».

«Ci ha passato giornate intere, con la figlia della portinaia».

«Quindi sapeva di poter utilizzare il tubo della grondaia. Forse ci si era già arrampicato altre volte».

«Ma ora?» chiese Olivier con una calma impressionante. «Ha recuperato la scatola, d'accordo. È uscito da casa di mia suocera con facilità, perché il portone si apre dall'interno, senza bisogno di chiamare la portinaia. Lei dice che dovevano essere le sei o giù di lì».

«Capisco» borbottò il commissario. «Anche senza affrettarsi, gli sarebbero bastate un paio d'ore, se non meno, per raggiungere la Gare d'Austerlitz, dove le aveva dato appuntamento. Ma non ci è andato».

Indifferente a queste disquisizioni, l'altro Lecœur inserì lo spinotto in un foro e mormorò:

«Novità, vecchio mio?».

E dalla Gare du Nord gli risposero:

«Abbiamo già interrogato una ventina di persone che accompagnavano bambini, ma nessuno corrisponde ai dati segnaletici diramati».

Ovvio che a rubare due arance su un bancone poteva essere stato un ragazzino qualsiasi. Ma un ragazzino qualsiasi non avrebbe frantumato, l'uno dopo l'altro, i vetri di sette colonnine del Pronto Intervento. Lecœur tornava sempre alle sue crocette. Non si era mai ritenuto molto più furbo del fratello, ma aveva dalla sua la pazienza e l'ostinazione.

«Scommetto» disse «che troveremo la scatola di latta nella Senna, nei pressi del pont Mirabeau».

Passi per le scale. In un giorno qualunque nessuno ci avrebbe fatto caso, ma la mattina di Natale era inevitabile tendere l'orecchio.

Arrivò un agente ciclista con il fazzoletto sporco di sangue che era stato recuperato ai piedi della settima colonnina. Lo mostrarono al padre.

«Sì, è di Bib».

«Dunque era inseguito» affermò il commissario. «Se non fosse stato inseguito, se avesse avuto il tempo, non si sarebbe limitato a rompere i vetri. Avrebbe parlato».

«Scusi» fece Olivier, che era l'unico a non aver ancora capito. «Seguito da chi? E perché doveva chiamare la polizia?».

Esitavano a spiegarglielo, ad aprirgli gli occhi. Se ne incaricò il fratello.

«Vedi, quando è andato dalla vecchia Fayet, era convinto che fossi tu l'assassino, ma uscendo dall'appartamento non lo pensava più. *Sapeva*».

«Sapeva cosa?».

«Sapeva *chi*! Capisci adesso? Ha scoperto qualcosa, ignoriamo cosa, ed è quello che cerchiamo di appurare da ore. Solo che non gli danno modo di passarci l'informazione».

«Vuoi dire che...».

«Voglio dire che tuo figlio è alle calcagna dell'assassino o che l'assassino è alle calcagna sue. Uno dei due, non so chi, insegue l'altro, e non intende mollarlo. Senta, commissario, è stata promessa una ricompensa?».

«Una grossa ricompensa, dopo il terzo omicidio. E la settimana scorsa è stata raddoppiata. Ne hanno parlato tutti i giornali».

«Allora» fece André Lecœur «non è detto che sia Bib l'inseguito. Potrebbe essere lui a inseguire. Ma in questo caso...».

Era mezzogiorno e del bambino si erano perse le tracce da quattro ore, a meno che non fosse lui il ladruncolo delle due arance in rue de Maubeuge.

IV

Chissà, forse dopotutto era arrivato il suo momento. André Lecœur aveva letto da qualche parte che ogni essere umano, per quanto scialbo, per quanto sfortunato sia, almeno una volta nella vita ha un'ora di riscatto durante la quale gli è dato realizzare le sue aspirazioni.

Non aveva mai avuto un'alta opinione di sé né delle sue possibilità. Quando gli chiedevano perché avesse scelto un posto sedentario e monotono invece di farsi assegnare, per esempio, alla Squadra anticrimine, rispondeva:

«Sono troppo pigro!».

E a volte aggiungeva:

«Forse ho anche paura degli spari...».

Non era vero, ma sapeva di avere una mente torpida.

Tutto quello che aveva imparato a scuola gli era costato un grosso sforzo. Gli esami per entrare in polizia, che altri superano con facilità, l'avevano fatto penare parecchio.

Era perché conosceva se stesso che non si era sposato? Può darsi. Gli sembrava che, qualsiasi moglie avesse scelto, si sarebbe sentito inferiore e si sarebbe lasciato dominare.

Ma non pensava a nulla di tutto ciò, quel giorno. Forse ignorava ancora che il suo momento si avvicinava – sempreché quel momento esistesse.

Un'altra squadra, fresca e riposata, vestita a festa, una squadra che aveva avuto il tempo di festeggiare il Natale in famiglia, era venuta a sostituire quella del turno mattutino, e nell'alito dei nuovi arrivati c'era come un profumo di dolci e di liquori.

Il vecchio Bedeau aveva preso posto al centralino, ma Lecœur non si decideva a lasciare l'ufficio.

« Resto ancora un po' » si limitò a dire.

Il commissario Saillard era andato a mangiare un boccone alla brasserie Dauphine, a due passi da lì, raccomandando di chiamarlo in caso di novità. Janvier era tornato al Quai des Orfèvres e stava stilando il rapporto.

Lecœur non era in vena di rientrare a casa. Non aveva sonno. Gli era capitato di passare anche trentasei ore di fila in servizio, durante i disordini di place de la Concorde, e un'altra volta, durante gli scioperi generali, gli uomini della centrale operativa si erano accampati in ufficio per quattro giorni e quattro notti.

Suo fratello era il più impaziente.

« Voglio andare a cercare Bib » aveva dichiarato.

« Dove? ».

« Non lo so. Dalle parti della Gare du Nord ».

« E se non è stato lui a rubare le arance? Se adesso è in un altro quartiere? Se nel giro di qualche minuto o di un paio d'ore riceviamo sue notizie? ».

« Vorrei fare qualcosa ».

Visto che Olivier rifiutava di distendersi, gli avevano piazzato una sedia in un angolo della stanza. Aveva le palpebre arrossate per la stanchezza e l'angoscia, e prese a farsi scrocchiare le dita come quando, da bambino, lo mettevano in castigo.

Per spirito di disciplina, André Lecœur aveva tentato di riposare. Accanto all'ampia sala operativa c'era una specie di sgabuzzino con un attaccapanni, un lavamani e due brandine dove ogni tanto, nei momenti di calma, gli uomini del turno di notte schiacciavano un pisolino.

Lecœur aveva chiuso gli occhi. Poi la mano gli era andata alla tasca e ne aveva cavato il taccuino che portava sempre con sé. Così, sdraiato sulla schiena, si era messo a sfogliarlo.

C'erano solo crocette, colonne di minuscole crocette che da anni André si ostinava a tracciare giorno dopo giorno, senza esservi obbligato, senza sapere di preciso a cosa potessero servirgli. Certuni tengono un diario, altri annotano minuziosamente le spese quotidiane o le perdite al bridge.

Le crocette incolonnate rappresentavano anni di vita notturna parigina.

«Caffè, Lecœur?».

«Sì, grazie».

Ma siccome gli sembrava di essere troppo lontano, in quello sgabuzzino dove non vedeva la mappa luminosa, trascinò la brandina in ufficio, bevve il caffè e, da quel momento, non fece altro che consultare le crocette del taccuino e chiudere gli occhi. A volte, attraverso le ciglia, sbirciava il fratello rannicchiato sulla sedia, con le spalle curve, la testa ciondolante, e, come unico segno del suo tumulto interiore, gli spasmi convulsi che gli contraevano le lunghe dita pallide.

Erano in centinaia ormai, non solo a Parigi, ma anche nei sobborghi, ad aver ricevuto i dati segnaletici del bambino. Ogni tanto una chiamata da un commissariato di quartiere faceva nascere una speranza, ma si trattava di una bambina, o di un ragazzino troppo grande o troppo piccolo.

Lecœur riabbassava le palpebre. A un tratto si riscosse, come se si fosse assopito un attimo, consultò l'orologio e cercò con gli occhi il commissario.

« Saillard non è tornato? ».

« Avrà fatto un salto al Quai des Orfèvres ».

Sotto lo sguardo stupito del fratello, Lecœur prese a misurare la stanza a grandi passi, quasi senza accorgersi che fuori il sole aveva finito per bucare la grigia cappa di nuvole e che Parigi, in quel pomeriggio di Natale, era luminosa, come primaverile.

Tendeva l'orecchio per cogliere il rumore dei passi sulle scale.

« Va' a comprare qualche panino » disse al fratello.

« Come lo vuoi? ».

« Al prosciutto. Non importa. Quello che trovi ».

Olivier uscì dall'ufficio dopo aver lanciato uno sguardo alla mappa con le lucine, sollevato, nonostante l'angoscia, di poter prendere una boccata d'aria.

Quelli che avevano sostituito la squadra della mattina non sapevano pressoché nulla, se non che l'assassino aveva colpito ancora e che da qualche parte, a Parigi, c'era un bambino in pericolo. Per loro che non avevano passato la notte in ufficio l'avvenimento non aveva lo stesso colore, era come decantato, ridotto a pochi dati freddi e impersonali. Il vecchio Bedeau, seduto al posto di Lecœur, faceva un cruciverba, con la cuffia in testa, e si interrompeva solo per le telefonate di rito:

« Pronto, Austerlitz? Avete fatto uscire un'autopattuglia?... ».

Era appena stato ripescato dalla Senna il corpo di

una donna. Anche questo faceva parte della tradizione del Natale.

«Vorrei parlarle un momento, commissario».

La brandina aveva ripreso il suo posto nello sgabuzzino, e fu là che Lecœur trascinò il capo della Squadra anticrimine. Saillard tirò una boccata dalla pipa, si tolse il cappotto e osservò il suo interlocutore con aria alquanto stupita.

«Scusi se m'intrometto in una faccenda che non mi riguarda, commissario. Si tratta dell'assassino...».

Lecœur aveva aperto il taccuino, ma sembrava che lo conoscesse a memoria e che lo consultasse solo per darsi un contegno.

«Mi perdoni se espongo alla rinfusa quello che ho in mente, ma ci penso da stamattina, e a furia di pensarci...».

Poco prima, mentre era disteso, gli era parso tutto di una chiarezza abbagliante. Ora cercava le parole, le idee, che diventavano meno precise.

«Be', innanzitutto ho notato che gli otto delitti sono stati commessi dopo le due di notte, e per lo più dopo le tre...».

Dalla faccia del commissario capì che per gli altri questa constatazione non aveva nulla di particolarmente sconcertante.

«Mi è venuta la curiosità di controllare l'ora dei delitti di questo genere avvenuti negli ultimi tre anni. Sono stati quasi tutti tra le dieci di sera e le due di notte».

Doveva essere fuori strada, perché non suscitava alcuna reazione. Forse era il caso di dire francamente come gli era venuta l'idea. Non era il momento di farsi troppi scrupoli.

«Poc'anzi, guardando mio fratello, ho pensato che l'uomo a cui date la caccia dev'essere uno come lui. Per un attimo mi sono addirittura chiesto se non fosse proprio lui. Aspetti...».

Capiva di aver imboccato la strada giusta. Nello sguardo del commissario aveva colto qualcosa di più di una attenzione cortese, un po' annoiata.

«Se ne avessi avuto il tempo, mi sarei preparato il discorso. Ma vedrà... Un uomo che uccide otto volte, pressoché di seguito, è uno squilibrato, giusto?... È un individuo che da un giorno all'altro, per qualche motivo, ha perso la testa...

«Mio fratello è stato licenziato, e per non confessarlo al figlio, per non scadere ai suoi occhi, per settimane ha continuato a uscire di casa alla stessa ora e a comportarsi esattamente come se lavorasse...».

L'idea, tradotta in parole, in frasi, perdeva forza. Lecœur si rendeva conto che, per quanto ci provasse, Saillard non riusciva a cavarne niente.

«Un uomo a cui di punto in bianco tolgono tutto ciò che aveva, tutto ciò che dava senso alla sua vita...».

«E diventa pazzo?».

«Non so se è pazzo. Forse si può definire così. Qualcuno che si crede in diritto di odiare il mondo intero e di prendersi una rivincita sull'umanità...

«Lei sa bene, commissario, che gli altri, gli assassini veri, uccidono sempre allo stesso modo.

«Questo qui, invece, si è servito ora di un pugnale, ora di un martello, ora di una chiave inglese... Una volta ha strangolato la vittima.

«E non si è mai fatto vedere. Non ha mai lasciato tracce. Ovunque abiti, deve aver percorso chilometri, da una parte all'altra di Parigi, a un'ora in cui non ci sono né autobus né métro. E per quanto la polizia sia in allerta fin dai primi delitti, per quanto osservi tutti i passanti e interroghi i tipi sospetti, è sempre riuscito a non dare nell'occhio».

Ormai Lecœur si sentiva sulla buona strada, e temeva talmente di annoiare il commissario Saillard che avrebbe voluto mormorare:

«Mi ascolti fino alla fine, la prego...».

Lo sgabuzzino era angusto e l'ispettore camminava – tre passi in una direzione e tre nell'altra – dinanzi al commissario, seduto sulla sponda della brandina.

«Non si tratta di elucubrazioni, mi creda. Io non sono capace di grandi elucubrazioni. Mi baso sulle mie crocette, sui fatti che ho registrato...

«Stamattina, per esempio, ha attraversato mezza Parigi senza mai passare davanti a un commissariato, senza mai attraversare un incrocio sorvegliato».

«Intende dire che conosce alla perfezione il XV arrondissement?».

«Non soltanto il XV, ma almeno altri due, a giudicare dai delitti precedenti: il XX e il XII. E le vittime non le ha scelte a caso: erano tutte persone che vivevano da sole e in condizioni tali da poterle aggredire senza correre rischi».

Fu sul punto di desistere udendo la voce mesta del fratello.

«André, i panini!».

«Sì, grazie. Mangiane qualcuno tu. Va' a sederti...».

Non osava chiudere la porta, per una sorta di umiltà. Non era una persona così importante da parlare in privato con il commissario.

«Se ha cambiato arma ogni volta, è perché sa che questo spiazza gli inquirenti, dunque *sa* che di solito gli assassini si attengono a una sola modalità».

«Senta, Lecœur...».

Il commissario si era alzato e guardava l'ispettore con occhi assenti, come se adesso seguisse il filo dei propri pensieri.

«Lei vuole dire che...».

«Non lo so. Ma mi è venuta l'idea che potrebbe essere uno dei nostri. In ogni caso, qualcuno che ha lavorato da noi».

Abbassò la voce.

«Qualcuno a cui è successa la stessa cosa che a mio fratello, capisce? Un pompiere licenziato potrebbe pensare facilmente di appiccare degli incendi. È successo due volte in tre anni. Un poliziotto...».

«Ma perché rubare?».

«Anche mio fratello aveva bisogno di soldi, per far credere al figlio che continuava a guadagnarsi da vivere, che lavorava ancora alla "Presse". Se è un "notturno" e vuole dare a bere a qualcuno di essere ancora in servizio, deve per forza passare la notte fuori, e questo spiega perché commette i delitti intorno alle tre del mattino. Gli tocca aspettare che faccia giorno per rientrare a casa. Le prime ore sono le più facili, con i bar e i caffè aperti. Dopo, si ritrova da solo per strada...».

Saillard borbottò come tra sé e sé:

«Oggi non c'è nessuno alla direzione del personale».

«Non potremmo telefonare a casa del direttore? Magari ricorda qualcosa».

Lecœur non aveva finito. C'erano ancora molte cose che avrebbe voluto dire e che gli sfuggivano. Forse era tutta una sua fantasia. Era così che gli sembrava in certi momenti, ma in altri la sua ipotesi gli appariva di una evidenza lampante.

«Pronto, vorrei parlare con il signor Guillaume! Non è in casa? Sa dove posso trovarlo? Dalla figlia, a Auteuil? Mi dia il numero, per favore».

Anche Guillaume aveva fatto un bel pranzo in famiglia e ora doveva essere intento a sorseggiare caffè e liquori.

«Pronto, direttore? Sono Saillard. Spero di non disturbarla. Ah, avete finito di mangiare... La chiamo a proposito dell'assassino. Sì, ci sono novità. Ancora niente di preciso. Vorrei verificare un'ipotesi ed è urgente. Non si stupisca della mia domanda. Negli ultimi mesi qualcuno dei nostri, non importa di che livello, è stato licenziato? Come? Nessuno in tutto l'anno?».

Lecœur si sentì stringere il cuore come se gli avessero annunciato una catastrofe e lanciò uno sguardo afflitto alla mappa di Parigi. Aveva perso la partita. E, avendo già rinunciato, si stupì di sentire il commissario insistere:

«Magari è successo prima, non so. Dovrebbe trattarsi di un "notturno" che ha lavorato in diversi arrondissement, tra cui il XV, il XX e il XII. Qualcuno che ha preso molto male il licenziamento. Come?».

La voce di Saillard che pronunciava quest'ultima parola restituì la speranza a Lecœur, mentre intorno a loro nessuno capiva niente della conversazione.

«Il brigadiere Loubet? In effetti ne ho sentito parlare, ma all'epoca non facevo ancora parte del consiglio di disciplina. Sì, tre anni fa. Per caso sa dove abitava? Nei pressi delle Halles?».

Ma tre anni erano troppi, e Lecœur si scoraggiò di nuovo. Era improbabile che una persona covasse odio e umiliazione per tanto tempo prima di reagire.

«Sa che ne è stato di lui? Sì, certo. Sarà difficile ormai...».

Riattaccò il telefono e osservò Lecœur con attenzione.

«Sentito?» gli chiese, trattandolo da pari a pari. «Il brigadiere Loubet ha ricevuto tutta una serie di ammonizioni ed è stato trasferito tre o quattro volte prima di essere licenziato. L'ha presa molto male. Beveva. Guillaume pensa che sia entrato in un'agenzia investigativa privata. Se vuole provare...».

Lecœur lo fece senza convinzione, ma agire era sempre meglio di starsene ad aspettare davanti alla famosa mappa. Cominciò dalle agenzie più equivoche, dubitando che un tipo come Loubet potesse lavorare per una ditta seria. La maggior parte degli uffici era chiusa. Chiamava le persone a casa.

Spesso udiva voci infantili in sottofondo.

« Non lo conosco. Provi da Tisserand, in boulevard Saint-Martin. Le canaglie finiscono tutte da lui ».

Ma non era neanche da Tisserand, specializzato in pedinamenti. Dopo tre quarti d'ora di telefonate, finalmente Lecœur si sentì rispondere in tono rabbioso:

« Non mi parli di quel mascalzone! Sono più di due mesi che l'ho messo alla porta, e anche se aveva minacciato di farmela pagare si tiene alla larga. Se lo incontro, gli do un pugno in faccia ».

« Che lavoro svolgeva per lei? ».

« Sorveglianza notturna degli edifici ».

André Lecœur si illuminò di nuovo.

« Alzava spesso il gomito? ».

« Diciamo che era ubriaco dopo neanche un'ora di servizio. Non so come facesse, ma riusciva sempre a scroccare da bere ».

« Può darmi il suo indirizzo? ».

« Rue du Pas-de-la-Mule, 27 bis ».

« Ha il telefono in casa? ».

« Può darsi. Non ho nessuna voglia di sentirlo. Abbiamo finito? Posso continuare il mio bridge? ».

E mentre riattaccava lo si udì scusarsi con i compagni di gioco.

Il commissario aveva già trovato il numero di Loubet sull'elenco telefonico e lo stava componendo. Ora tra lui e André Lecœur c'era come una tacita intesa. Condividevano la stessa speranza. Giunti al dunque, avevano entrambi le mani tremanti, mentre l'altro Lecœur, Olivier, intuendo che c'era in ballo qualcosa di importante, si era alzato e li guardava uno dopo l'altro.

Senza essere invitato, André fece una cosa che, fino a quella stessa mattina, non avrebbe mai pensato di potersi permettere: portò all'orecchio il secondo ricevitore. All'altro capo del filo, nell'appartamento di rue du Pas-de-la-Mule, squillò il telefono; per un pezzo squillò a vuoto, e Lecœur si stava di nuovo scoraggiando quando sollevarono la cornetta.

Grazie al cielo, era una voce di donna, di donna già anziana, che disse:

«Sei tu, finalmente? Dove sei?».

«Pronto, signora, non è suo marito a chiamarla!».

«Gli è successo qualcosa?».

A sentirla, sembrava quasi che l'idea le facesse piacere, come se aspettasse da tempo quella notizia.

«Lei è la signora Loubet?».

«E chi dovrei essere?».

«Suo marito è in casa?».

«Innanzitutto, chi parla?».

«Il commissario Saillard...».

«Perché lo cerca?».

Il commissario mise per un istante la mano sul microfono e disse sottovoce a Lecœur:

«Telefoni a Janvier e gli dica di correre subito lì».

In quello stesso momento chiamarono da un commissariato di quartiere, sicché ci furono tre apparecchi in funzione nella stanza.

«Suo marito non è rientrato stamattina?».

«Se la polizia facesse il suo lavoro, lo saprebbe».

«Gli capita spesso?».

«Affari suoi, no?».

Con ogni probabilità odiava quell'ubriacone del marito, ma se qualcuno lo attaccava era pronta a schierarsi dalla sua parte.

«Sa che non è più in polizia».

«Forse non era abbastanza mascalzone!».

«Quand'è che ha smesso di lavorare per l'agenzia Argus?».

«Eh?... Un momento, per favore... Che sta dicendo?... Cerca di farmi parlare, vero?».

«Mi dispiace, signora. Sono più di due mesi che suo marito è stato licenziato dall'agenzia».

«Balle».

«In altri termini, negli ultimi due mesi suo marito usciva ogni sera per andare al lavoro?».

«E dove doveva andare? Alle Folies-Bergère?».

«Perché non è rientrato stamattina? Non le ha telefonato?».

Forse la moglie ebbe paura di fare un passo falso perché preferì riattaccare.

Anche il commissario mise giù il ricevitore, e quando si voltò vide André Lecœur in piedi dietro di lui, che si girò dall'altra parte, dicendo:

«Janvier è andato sul posto...».

E col dito si asciugò una traccia umida all'angolo dell'occhio.

V

Lo trattavano da pari a pari. Sapeva che non sarebbe durata, che l'indomani sarebbe tornato a essere un insignificante centralinista con la mania di tracciare inutili crocette su un taccuino.

Gli altri non contavano. Era passato in secondo piano anche suo fratello, che li guardava uno dopo l'altro con gli occhi orlati di rosso e li ascoltava senza capire, chiedendosi perché, mentre c'era in ballo la vita di suo figlio, continuavano a parlare invece di agire.

Già due volte aveva tirato per la manica André.

«Fammi andare a cercare...» l'aveva supplicato.

Cercare dove? Cercare chi? La scheda segnaletica dell'ex brigadiere Loubet era già stata trasmessa a tutti i commissariati, a tutte le stazioni, a tutte le pattuglie.

Non si cercava più solo un bambino, ma un uomo di cinquantotto anni, probabilmente ubriaco, che conosceva Parigi e la polizia parigina come le sue tasche, che portava un cappotto nero con il collo di velluto e un vecchio cappello di feltro grigio.

Janvier era tornato, più fresco degli altri. Tutti quelli che arrivavano da fuori mantenevano per un pezzo come un'aura di freschezza portata dall'esterno. Poi, un po' alla volta, finivano avviluppati in quell'atmosfera nebulosa, dove sembrava di vivere al rallentatore.

« La moglie ha tentato di chiudermi la porta in faccia, ma avevo avuto l'accortezza di mettere un piede dentro. Non sa niente. Sostiene che negli ultimi mesi il marito ha portato a casa i soldi come al solito ».

« Proprio per questo era costretto a rubare. Non aveva bisogno di grosse somme, non avrebbe saputo che farsene. Com'è la moglie? ».

« Bassa, colorito olivastro, occhi vivacissimi e capelli tinti, di un nero quasi blu. Deve avere un eczema o un'eruzione cutanea sulle mani perché usa i mezzi guanti! ».

« Hai una foto di Loubet? ».

« L'ho presa quasi a forza, dalla credenza della sala da pranzo. La moglie non voleva ».

Un uomo massiccio e sanguigno, con gli occhi sporgenti, che in gioventù doveva essere stato il galletto del suo paese e che aveva conservato un'aria di stolida arroganza. Ma la foto risaliva a parecchi anni addietro. Adesso Loubet doveva apparire ammaccato, imbolsito, con un che di sornione al posto della baldanza di un tempo.

« Sei riuscito a scoprire che posti frequenta? ».

« A quanto pare, la moglie lo controlla a vista, a parte la notte, quando va, o lei suppone che vada, al lavoro. Ho parlato con la portinaia. Loubet ha paura della moglie. Spesso la mattina arriva barcollante, ma appena mette piede sul primo gradino delle scale raddrizza la schiena. Va a fare la spesa con lei e di giorno esce solo in sua compagnia. Quando dorme e la moglie ha commissioni da sbrigare, lo chiude dentro e si porta via la chiave».

«Cosa ne pensa, Lecœur?».

«Mi sa che Loubet e mio nipote sono insieme».

«Che intende dire?».

«All'inizio, verso le sei e mezzo di mattina, non erano insieme, altrimenti Loubet avrebbe impedito al bambino di rompere i vetri delle colonnine del Pronto Intervento. Dovevano trovarsi a una certa distanza, e uno dei due seguiva l'altro...».

«Chi, secondo lei?».

Per Lecœur era spiazzante essere ascoltato a quel modo, come se di punto in bianco fosse diventato una specie di oracolo. Ma tanta era la paura di sbagliarsi, che non si era mai sentito più umile in vita sua.

«Quando si è arrampicato sul tubo della grondaia, il bambino credeva che il padre fosse colpevole, perciò con lo stratagemma del biglietto e della storia dello zio Gédéon l'ha mandato alla Gare d'Austerlitz, dove probabilmente contava di raggiungerlo dopo aver fatto sparire la scatola».

«Sembra verosimile...».

«Ma Bib non può aver pensato...» tentò di protestare Olivier.

«Sta' zitto!... In quel momento il delitto era appena stato commesso. Il bambino non si sarebbe avventurato su per la grondaia se non avesse visto il cadavere...».

«L'ha visto» confermò Janvier. «Dalla sua finestra poteva scorgere il corpo dai piedi fino a metà coscia».

«Non sappiamo però se l'assassino era ancora lì».

«Non c'era!» intervenne il commissario. «Altrimenti si sarebbe nascosto mentre il bambino entrava dalla finestra e poi avrebbe eliminato quel pericoloso testimone come aveva appena fatto con la vecchia».

Dovevano arrivare a capire, a ricostruire i minimi dettagli, se volevano ritrovare il piccolo Lecœur, per il quale il Natale aveva in serbo due radio, invece di una.

«Senti, Olivier, quando sei tornato a casa stamattina, la luce era accesa?».

«Sì».

«In camera di François?».

«Sì, e questo mi ha messo in allarme perché ho pensato che stesse male».

«Quindi l'assassino potrebbe aver scorto la luce e temuto che ci fosse un testimone dell'omicidio. Di sicuro non ha pensato che qualcuno potesse introdursi nell'appartamento della Fayet arrampicandosi su per la grondaia. È uscito precipitosamente dallo stabile».

«E si è appostato fuori per vedere che succedeva».

Supposizioni: non potevano fare altro. Sforzandosi di seguire, per quanto possibile, la logica umana. Al resto avrebbero provveduto le pattuglie, le centinaia di agenti sparpagliati per Parigi, e un po' anche il caso.

«Invece di tornare indietro per la stessa via, il bambino ha preferito lasciare la casa della vecchia passando dalla porta...».

«Aspetti, commissario. A quel punto, con ogni probabilità, sapeva che il padre non era l'assassino».

«Perché?».

«Poco fa ho sentito dire, credo da Janvier, che la Fayet aveva perso molto sangue. Se il delitto era stato appena commesso, il sangue non aveva avuto il tempo di rapprendersi e il corpo era ancora caldo. Ma quando Bib aveva visto il padre nella camera della vecchia erano circa le nove di sera...».

Ogni nuova certezza accendeva una nuova speranza. Si aveva la sensazione di andare avanti. Il cammino sembrava più facile. In certi momenti i due aprivano bocca all'unisono, colpiti dallo stesso pensiero.

«Solo quando è uscito dal portone François ha scorto l'uomo, Loubet o un altro, Loubet probabilmente. E questi non poteva escludere di essere stato visto in faccia. Il bambino, terrorizzato, si è messo a correre».

Stavolta fu il padre a intervenire.

«No» disse, e spiegò con voce monotona: «Non se Bib sapeva che c'era in ballo una grossa ricompensa. Non se sapeva che avevo perso il lavoro. Non se mi aveva visto chiedere soldi a mia suocera...».

Il commissario e André si guardarono e, capendo che Olivier aveva ragione, ebbero entrambi un brivido di paura.

La scena cominciava ad avere un che di surreale. Un tratto di strada deserta, in uno dei quartieri più desolati di Parigi, ed era ancora buio, ci volevano altre due ore prima che facesse giorno.

Da una parte un uomo ossessionato, che aveva ucciso per l'ottava volta in poche settimane, per odio, per rabbia, ma anche per bisogno e forse per dimostrare a se stesso chissà cosa, un uomo che giocava la sua ultima carta sfidando l'umanità intera attraverso la polizia.

Era sbronzo come sempre? Essendo la notte di Natale, festa in cui i bar restano aperti fino all'alba, probabilmente aveva bevuto ancor più del solito e vedeva il mondo con occhi da ubriaco: lì, in quella strada, in quel deserto di pietra, tra le facciate cieche, c'era un bambino, un moccioso che doveva saperla lunga e l'avrebbe fatto arrestare, mettendo fine alle sue imprese deliranti.

«Resta da capire se aveva una pistola...» sospirò il commissario.

La risposta non si fece aspettare:

«L'ho chiesto alla moglie» disse prontamente Janvier. «Loubet porta sempre con sé un'automatica, ma scarica».

«Come mai?».

«La moglie aveva paura. Superata una certa soglia di ubriachezza, infatti, invece di chinare il capo, il marito arrivava a minacciarla. Così lei ha nascosto i proiettili, con la scusa che, in caso di necessità, è sufficiente brandire l'arma senza bisogno di sparare».

Sul serio il vecchio pazzo e il bambino avevano giocato al gatto e al topo per le strade di Parigi? L'ex poliziotto non poteva sperare di battere nella corsa un ragazzino di dieci anni. Il bambino, d'altra parte, non era certo in grado di tenere testa a un uomo grande e grosso.

Ma quell'uomo, per lui, rappresentava un colpo di fortuna, la fine dei loro guai. Il padre non avrebbe più dovuto vagare di notte per Parigi fingendo di lavorare ancora in rue du Croissant, né trasportare casse di ortaggi alle Halles, né umiliarsi davanti a una megera come la Fayet per ottenere un prestito a condizioni impossibili.

Non c'era più molto da dire. Scrutavano la mappa, i nomi delle strade. Probabilmente il bambino si teneva a distanza di sicurezza dall'assassino, e probabilmente questi, per spaventarlo, gli aveva mostrato la pistola.

Negli alveoli delle case c'erano migliaia di persone addormentate, che non erano di alcuna utilità né all'uno né all'altro.

Non potendo continuare in eterno a spiare le mosse del bambino, che si guardava bene dall'avvicinarsi troppo, Loubet si era incamminato evitando le strade a rischio, i neon blu dei commissariati, gli incroci presidiati dai vigili.

Nel giro di due o tre ore i marciapiedi avrebbero cominciato a popolarsi, e con ogni probabilità il bambino si sarebbe precipitato incontro al primo passante chiedendo aiuto.

« Era Loubet a essere inseguito » disse lentamente il commissario.

« E mio nipote, a cui avevo spiegato come funzionano le colonnine del Pronto Intervento, ha rotto i vetri » aggiunse André Lecœur.

Le crocette prendevano vita. Quel che all'inizio era stato un mistero diventava quasi semplice, ma drammatico.

La cosa più drammatica, forse, era la questione dei soldi, la grossa ricompensa per cui un bambino di dieci anni affrontava tante angosce e rischiava la pelle.

Il padre si era messo a piangere, piano, senza singulti, senza singhiozzi, e non si curava di nascondere le lacrime. Niente più scatti di nervi, niente più reazioni. Era circondato da oggetti estranei, da strumenti barbari, da persone che parlavano di lui come se fosse un altro, come se non fosse lì presente, e suo fratello era tra questi, un fratello che stentava a riconoscere e che guardava con involontario rispetto.

Le frasi diventavano sempre più brevi, perché Lecœur e il commissario si intendevano a mezze parole.

« Loubet non poteva tornare a casa ».

« Né entrare in un bar con il bambino alle calcagna ».

A un tratto André sorrise suo malgrado.

« Non immaginava che il suo inseguitore non avesse un centesimo in tasca e che avrebbe potuto seminarlo prendendo un métro ».

Macché! Non reggeva: Bib l'aveva visto, avrebbe dato una descrizione precisa dei suoi connotati.

Il Trocadéro. Il quartiere dell'Étoile. Il tempo passava. Stava facendo giorno. La gente cominciava a uscire di casa. Si udivano passi sui marciapiedi.

Ormai era impossibile uccidere a mani nude un bambino per strada senza attirare l'attenzione.

« In un modo o nell'altro devono essersi raggiunti » decise il commissario con l'aria di chi si riscuote da un incubo.

In quello stesso momento si accese una lucina. Come sapendo già di cosa si trattava, Lecœur rispose al posto del collega.

« Sì... Lo immaginavo... Grazie... ».

E spiegò agli altri:

« È per la faccenda delle due arance. Alla Gare du Nord hanno trovato un piccolo nordafricano addormentato nella sala d'attesa di terza classe. Aveva ancora uno dei due frutti in tasca. Stamattina è scappato di casa, nel XVIII, perché l'avevano picchiato ».

« Pensi che Bib sia morto? ».

Olivier si torceva le dita fin quasi a spezzarle.

« Se fosse morto, Loubet sarebbe rientrato a casa, perché non avrebbe avuto più niente da temere ».

La lotta continuava, quindi, in una Parigi ormai assolata, in cui le famiglie andavano a spasso con i bambini vestiti a festa.

« Probabilmente Bib, temendo di perderlo di vista in mezzo alla folla, si è avvicinato... ».

Loubet doveva avergli parlato, minacciandolo con la pistola.

« Se chiami aiuto, sparo... ».

E così ciascuno dei due perseguiva il proprio scopo: per Loubet, sbarazzarsi del bambino trascinandolo in un posto deserto dove avrebbe potuto ucciderlo; per François, dare l'allarme prima che l'uomo avesse il tempo di sparare.

Ciascuno dei due diffidava dell'altro. Ciascuno dei due rischiava la vita.

«Di sicuro Loubet non si è diretto verso il centro della città, dove ci sono in giro troppi poliziotti. Tanto più che la maggior pare di loro lo conosce».

Dall'Étoile dovevano essere risaliti verso Montmartre, non la Montmartre dei locali notturni, ma quella dei poveracci, delle strade squallide che nei giorni di festa mostrano il loro volto più provinciale.

Si erano fatte le due e mezzo. Chissà se avevano mangiato. Chissà se Loubet, nonostante la minaccia che incombeva su di lui, era riuscito a resistere per tanto tempo senza bere.

«Scusi, commissario...».

Per quanto si sforzasse, André Lecœur non ce la faceva a parlare con sicurezza e continuava ad avere l'impressione di usurpare un ruolo che non era il suo.

«Ci sono centinaia di bar a Parigi, lo so. Ma, cominciando dai quartieri più probabili, e impegnando molti uomini...».

Tutti quelli che erano lì si misero subito al lavoro, e Saillard chiamò il Quai des Orfèvres, dove sei ispettori di turno si piazzarono ciascuno davanti a un telefono.

«Pronto, Bar des Amis? Nell'arco della giornata avete visto un uomo di una certa età, con un cappotto nero, accompagnato da un bambino sui dieci anni?».

Lecœur aveva ripreso a tracciare crocette, non più sul suo taccuino, ma sull'elenco delle attività commerciali, che contava una decina di pagine di bar dai nomi più o meno pittoreschi. Alcuni esercizi erano chiusi. In altri si udiva della musica in sottofondo.

Su una mappa dispiegata sul tavolo i poliziotti contrassegnavano con la matita blu le strade che andavano via via controllando, ma per mettere la prima spunta rossa bisognò arrivare nei pressi di place Clichy, in una specie di galleria alquanto malfamata.

« Potrebbe essere un tizio che è entrato verso mezzogiorno. Si è scolato tre calvados e ha ordinato un bicchiere di bianco per il bambino. Il bambino non lo voleva, ma alla fine l'ha bevuto lo stesso e ha mangiato un paio di uova sode... ».

A guardare la faccia di Olivier Lecœur si sarebbe detto che avesse sentito la voce del figlio.

« Sa dove sono andati? ».

« Verso Batignolles... L'uomo era già barcollante... ».

Anche il padre avrebbe voluto prendere un telefono, ma erano tutti occupati, sicché si aggirava qua e là con la fronte aggrottata.

Pronto, Zanzi Bar? Nell'arco della giornata avete visto... ».

Era un ritornello, e appena uno finiva di recitarlo, subito dalla parte opposta della stanza un altro lo riprendeva.

Rue Damrémont, in cima a Montmartre. L'una e mezzo. Ormai l'uomo era così maldestro nei movimenti che aveva rotto un bicchiere. Il ragazzino si era avviato verso la toilette e il suo compagno l'aveva seguito. Allora il piccolo aveva rinunciato, come se avesse paura.

« Un tipo strano. Ridacchiava tutto il tempo, con l'aria di chi prepara un bello scherzetto ».

« Capito, Olivier? Un'ora e quaranta minuti fa Bib era ancora lì... ».

Adesso André Lecœur aveva paura di dire quello che pensava. La lotta volgeva al termine. Una volta cominciato a bere, Loubet non si sarebbe più fermato. La cosa poteva giocare a favore del bambino?

Per certi versi, sì, se François aveva la pazienza di aspettare e non faceva mosse azzardate.

Ma se sbagliava, se reputava l'uomo più ubriaco di quanto fosse in realtà, se...

Il suo sguardo si posò sul fratello, e André Lecœur ebbe la visione di come sarebbe stato Olivier se, per miracolo, l'asma non gli avesse impedito di bere.

« Sì... Dica pure... Boulevard Ney? ».

Erano arrivati alla periferia di Parigi, e questo significava che l'ex poliziotto non era così ubriaco come pareva. Andava dritto per la sua strada, e a poco a poco, in modo quasi impercettibile, stava portando il bambino fuori città, verso i campi incolti della banlieue.

Tre camionette della polizia erano già partite in quella direzione. Furono mandati anche tutti gli agenti ciclisti disponibili. Janvier si affrettò a salire sull'utilitaria del commissario, e non fu per niente facile impedire al padre di seguirlo.

« Credimi se ti dico che qui le notizie arriveranno prima che in qualunque altro posto... ».

Nessuno aveva il tempo di preparare il caffè. Erano tutti agitati, loro malgrado, e finivano per parlare in tono nervoso, a denti stretti.

« Pronto!... Pronto!... Come? L'Orient Bar? Chi parla?... ».

La chiamata era stata presa da André Lecœur, che si alzò, con il ricevitore all'orecchio, e cominciò a fare strani segni. Per poco non si metteva a battere i piedi.

« Come?... Non così vicino all'apparecchio... ».

Gli altri udirono risuonare una voce acuta, quasi femminile.

« Senta, dica alla polizia che... Pronto!... Dica alla polizia che l'ho preso... l'assassino... Pronto!... Come?... Zio André?... ».

La voce si abbassò di un tono, divenne angosciata.

« Guardi che sparo... Zio André!... ».

Lecœur non seppe mai chi lo avesse sostituito al ricevitore. Si slanciò su per le scale e quasi sfondò la porta dell'ufficio del telegrafista.

«Presto!... L'Orient Bar, porte de Clignancourt... Tutti gli uomini disponibili...».

Non aspettò di sentire la chiamata, tornò dabbasso facendo i gradini a quattro a quattro e si fermò sulla soglia della sala operativa, stupito di vedere tutti immobili, come rilassati.

Saillard aveva in mano il ricevitore da cui usciva una voce rauca e dall'accento strascicato che diceva:

«Tutto bene!... Può stare tranquillo... Gli ho spaccato una bottiglia in testa... Ha avuto il fatto suo... Non so perché ce l'aveva con il bambino, ma... Come?... Vuole parlargli?... Vieni qui, piccolo... Dammi la scacciacani... Non mi piacciono certi giocattolini... To', è scarica...».

Un'altra voce:

«Sei tu, zio André?».

Il commissario si guardò intorno con il ricevitore in mano e, invece di passarlo ad André Lecœur, lo porse a Olivier.

«Zio André?... L'ho preso!... L'assassino!... Avrò la ricompe...».

«Pronto, Bib?».

«Eh?».

«Bib, sono io...».

«Che ci fai lì, papà?».

«Niente... Aspettavo...».

«Sono contento, sai... Ora scusami, sono arrivati gli agenti ciclisti... Vogliono parlarmi... C'è anche una macchina...».

Rumori confusi, voci sovrapposte, bicchieri che tintinnavano. Olivier Lecœur reggeva goffamente il ricevitore guardando la mappa di Parigi, forse senza vederla. Molto lontano, là in alto, a nord della città, c'era un grande incrocio spazzato dal vento.

«Vado con loro, papà...».

Un'altra voce:

« È lei, capo? Sono Janvier... ».

Da come Olivier Lecœur tese il ricevitore nel vuoto si sarebbe detto che la bottigliata in testa l'avesse presa lui.

« È ubriaco fradicio, capo. Quando il bambino ha sentito squillare il telefono, ha capito che doveva approfittare dell'occasione: è riuscito a sfilare la pistola dalla tasca di Loubet e gli è saltato addosso... Così, grazie al barista, un duro che ha steso Loubet senza pensarci due volte... ».

Sulla mappa si accese una lucina, quella di Clignancourt. Passando la mano sopra la spalla del suo collega, André Lecœur inserì lo spinotto in un foro.

« Pronto! Avete fatto uscire un'autopattuglia? ».

« Qualcuno ha rotto il vetro della colonnina di place Clignancourt per segnalarci disordini dentro un bar... Pronto! Volete essere richiamati? ».

Questa volta era inutile.

Ed era inutile anche fare un'altra crocetta sul taccuino.

Un bambino, tutto fiero di sé, stava attraversando Parigi a bordo di un'auto della polizia.

LA CANTANTE DI PIGALLE

La signora Arnaud, la portinaia, così magra che i vestiti le pendevano addosso a mo' di gruccia, aprì l'ultima finestra, poi si girò verso l'interno dell'appartamento e, come ogni mattina, i suoi occhietti da topo parvero frugare ovunque per accertarsi che fosse tutto in ordine.

«Ha ancora bisogno di me, signorina Lili?».

Questo significava che erano le dieci e che la portinaia aveva già dato il suo aiuto quotidiano alla ragazza.

Era aprile e le finestre erano aperte, ma il sole primaverile rimaneva pallido, il cielo di un azzurro da acquerello, velato da una nebbiolina che saliva dalla Senna.

«Vada pure, signora Arnaud. Grazie».

E la portinaia, a cui piaceva fare sempre gli stessi gesti e ripetere le stesse frasi negli stessi momenti, come se il ritmo di quella routine conferisse fascino alla monotonia della sua vita, si voltò soddisfatta verso Justin Duclos.

«Lei ha tutto? Pipa, tabacco, fiammiferi, giornali...?».

L'invalido sulla sedia a rotelle la ringraziò con un cenno. Ora aveva davvero finito. Non le restava che tornare nella guardiola, dove aveva già messo a cuocere qualcosa per il pranzo.

Forse perché Duclos non usciva più di casa da anni, erano molti i rituali che scandivano la sua giornata, come, per esempio, il saluto del venditore di libri usati.

L'appartamento dava su quai de la Tournelle, uno dei lungosenna parigini dove i bouquiniste espongono stampe e vecchi volumi.

Uno di questi, piuttosto anziano, con una magnifica chioma bianca, alle dieci in punto non mancava mai di alzare lo sguardo verso la finestra di fronte. Dal suo posto scorgeva solo la parte superiore del viso di Duclos, ma tanto gli bastava per indirizzargli un caloroso saluto, dopodiché, con un gesto automatico, cavava dalla tasca un orologio d'argento e regolava l'ora.

Se la portinaia saliva ogni mattina a dare una mano a Lili era soprattutto perché bisognava essere in due per vestire il vecchio, ma anche perché la camera dove questi trascorreva tutta la giornata non rimanesse troppo a lungo in disordine.

Alla ragazza restavano da fare le altre camere e la cucina, poi la spesa nel quartiere, il pranzo.

I rimorchiatori passavano trainando una sfilza di chiatte con il ponte lavato di fresco. Si sentivano stridere le gru. A sinistra si scorgevano le torri di Notre-Dame: la stagione turistica stava per iniziare, i pullman si fermavano sul sagrato e a volte, nel baccano cittadino, si percepiva la voce della guida, amplificata da un altoparlante.

Se Justin Duclos avesse potuto sporgersi, avrebbe visto anche la grande costruzione giallastra del Palazzo di Giustizia e le finestre dell'ufficio che aveva occupato per tanti anni alla Polizia giudiziaria.

La vecchia casa in cui abitavano era senza ascensore, il che forse gli dava modo di passare il tempo provando a indovinare a chi appartenevano i passi che echeggiavano per le scale.

Chissà se riconobbe quelli del suo ex collega Berna, ormai a capo della Squadra anticrimine. Suonò il campanello e Lili andò ad aprire.

«Buongiorno, cara».

«Buongiorno, commissario Berna».

Il nuovo arrivato era grasso, enorme, talmente grasso che camminava con le gambe larghe, e quelli che non lo conoscevano lo prendevano per un pappamolle.

«Come sta Justin?».

«Benissimo. Entri».

Anche lui aveva i suoi rituali: spingeva il cappello sulla nuca, avvicinava una sedia a quella dell'invalido e si sedeva in silenzio.

Queste visite accendevano sempre una luce divertita negli occhi dell'ex commissario Duclos, che aspirava piccole boccate dalla pipa e si guardava bene dal fare domande.

Dopo un silenzio più o meno prolungato, le prime parole di Berna erano invariabilmente:

«Passavo da queste parti...».

E Justin pensava:

«Bugiardo!».

Aveva lavorato al Quai des Orfèvres abbastanza a lungo da sapere che il capo dell'Anticrimine non ha il tempo di passeggiare per i lungosenna alle dieci di mattina.

«Li hai letti, i giornali?».

Domanda superflua: i giornali erano lì, ammonticchiati su una sedia, accanto alla poltrona.

«Non dicono tutto. Non ancora...».

Justin aspettava, sforzandosi di non sorridere.

«Con ogni probabilità sosterranno che si tratta di un maniaco. Sono in molti a pensarlo».

Lili andava e veniva dalla camera da letto, ma aveva lasciato aperta la porta di comunicazione e non perdeva una parola.

«C'è stata la seconda».

«Un'altra cantante?».

Duclos aveva finito per aprire bocca e fare una domanda, e adesso era Émile Berna ad avere un'aria trionfante, come se avesse segnato un punto.

«Sì, ma c'è di più».

«Cosa?».

«Cantante nello stesso locale».

«Il Pélican?».

Avevano assunto un tono più grave, e Lili, in camera da letto, evitava di fare rumore. Da tre giorni i quotidiani davano ampio risalto al caso della «Cantante di Pigalle», come la chiamavano.

Eppure era una storia in apparenza banale, uno di quei drammi della notte che hanno, per così dire, tutti lo stesso colore.

Il Pélican, nella parte bassa di rue Pigalle, vicino a rue Notre-Dame-de-Lorette, era un locale piccolo e insignificante, di quelli che, circondati come sono da night club più famosi, sembrano frequentati solo da nottambuli senza speranza o smarriti.

Sui vetri ornati di tende a quadretti rossi erano incollate delle foto raffiguranti una ballerina con ventaglio che mostrava di sé tutto quello che la Questura permette di mostrare, e un'altra giovane donna fasciata in un vestito di seta nero che veniva presentata come «La Cantante di Pigalle».

Se ne erano susseguite parecchie, di queste cantanti, sempre con vestiti neri aderenti e grandi occhi languidi, e tutte intonavano le stesse melodie con voce un po' roca.

Il nome restava immutato. Apparteneva alla casa: era stato Louis, il proprietario, a coniarlo e, reputandolo d'effetto, lo manteneva come una specie di marchio di fabbrica.

Il Pélican rimaneva aperto fino a tardi, spesso fino alle quattro o alle cinque del mattino, perché accoglieva la clientela dei night club che andavano via via chiudendo.

Tre notti addietro la penultima Cantante di Pigalle, che si chiamava Odette Lagrange e viveva in una camera ammobiliata del faubourg Montmartre, era uscita dal locale quando già albeggiava. In quel momento Louis stava chiudendo le imposte. Lei l'aveva salutato, e all'angolo di rue Notre-Dame-de-Lorette si era congedata con una stretta di mano dalla ballerina che doveva proseguire verso Montmartre.

«A stasera».

Un agente ciclista che passava di lì aveva assistito a questa scena, tutt'altro che inusuale, e aveva svoltato per una strada a sinistra, senza voltarsi.

Aveva fatto un giro per il quartiere, pedalando con calma. Gli ci erano voluti poco meno di dieci minuti per raggiungere dal basso rue Notre-Dame-de-Lorette e place Saint-Georges, dove aveva scorto una sagoma scura sul marciapiede.

Era Odette Lagrange, che poco prima aveva visto viva e che ora giaceva morta, con una pallottola nel cuore.

«Hai letto i dettagli?» chiese Émile Berna all'ex collega.

«Li ho letti».

«Che idea ti sei fatto?».

«Nessuna».

«Conosci Louis?».

«L'ho arrestato tre o quattro volte, una quindicina d'anni fa».

«Afferma di essere rientrato subito dopo aver chiuso le imposte e di essere salito al primo piano, dove la moglie lo aspettava a letto. Abitano sopra il Pélican».

«Lo so».

«Come prevedibile, la moglie conferma le sue dichiarazioni. È lei a cucinare per i clienti che vogliono mangiare un boccone. Entrambi sostengono di non aver notato nessun tipo losco in sala, quella notte. Odette Lagrange viveva sola, e non sembra che avesse amici. Ma neanche nemici. La borsetta era accanto a lei, sul marciapiede, e non è stata aperta. Aveva ancora addosso i suoi gioielli. Perché mi guardi così?».

«Perché aspetto il seguito. È quella la parte che ti interessa e ti preoccupa, no?».

Doveva essere la cinquantesima volta che Berna andava così, come per caso, dall'ex collega per strappargli un suggerimento o un consiglio, e mai aveva ammesso lo scopo della sua visita.

«Naturalmente la notte successiva abbiamo sorvegliato il Pélican».

E Justin ripeté sornione:

«Naturalmente».

«Abbiamo anche interrogato i residenti di place Saint-Georges e una cosa parrebbe certa: l'assassino non era in macchina».

«Dunque era a piedi».

«Mi prendi in giro?».

«Continua. Dicevi che Louis ha ingaggiato una nuova Cantante di Pigalle».

«Ho detto questo?».

«Stavi per dirlo».

«Esatto. Non la prima notte ma quella successiva. Una certa Lucy Perrin, che vive con la madre in boulevard des Batignolles».

«Si è presentata lei?».

«Sì. In realtà era...».

«*Era?*».

«Purtroppo. Aspetta. Voglio dire che era una studentessa del conservatorio, una ragazza molto perbene, a quanto pare, che in attesa di debuttare in teatro aveva deciso di esibirsi a Montmartre per guadagnarsi da vivere».

«Capisco. Anche lei è uscita dal Pélican all'alba e ha salutato Louis...».

Berna si accigliò.

«Suppongo che ci fosse un ispettore di guardia per strada».

«Puoi giurarci!».

«L'ha seguita?».

«Sì».

«Per andare in boulevard des Batignolles non aveva bisogno di passare da place Saint-Georges. Quindi immagino che...».

«E infatti non è stata uccisa in place Saint-Georges. È tornata a casa sua, intendo dire nello stabile dove abitavano lei e la madre. Il loro appartamento è al quinto piano. C'è l'ascensore. La portinaia ricorda di aver aperto il portone e di aver sentito salire l'ascensore».

«Suppongo che l'ispettore, ritenendola al sicuro, sia rientrato al Quai des Orfèvres».

«È andato a dormire perché aveva finito il suo turno. Un'ora dopo la madre ci ha chiamati per dire che la figlia non era ancora rincasata».

Si udì un rumore in camera da letto, e Justin Duclos chiese a voce un po' più alta:

«Che fai, Lili?».

«Metto in ordine le ultime cose».

Il grosso Berna si accese una sigaretta che sembrava microscopica rispetto al suo faccione e sospirò.

«Ecco, è tutto. Pensavo che potesse interessarti».

«È interessante».

«Seccante, più che altro. I giornali non sanno ancora del secondo caso. Se Lucy Perrin non avesse lavorato nello stesso locale di Odette Lagrange, con lo stesso vestito e in un certo senso sotto lo stesso nome, la sua scomparsa passerebbe inosservata».

Distogliendo lo sguardo, come ogni volta che era in imbarazzo, chiese:

«C'è una correlazione, secondo te?».

«Neanche di Lucy Perrin si conoscono amici o nemici?».

«Aveva un ragazzo, che lei chiamava fidanzato. Studia pure lui al conservatorio, ma non canta, suona il violino».

«È andato a sentirla al Pélican?».

«No, non sapeva che avesse accettato un ingaggio».

«Si sarebbe opposto?».

«È geloso, ma non al punto da ucciderla».

«Perché credi che sia stata uccisa?».

«Non lo so. Non mi spiego la sua scomparsa».

«E Louis?».

«Nemmeno lui. Si strappa i pochi capelli che gli sono rimasti, dicendo che è la fine del suo locale, che nessuna cantante vorrà più esibirsi al Pélican, che farebbe meglio a chiudere baracca subito».

«Parla di andarsene?».

«Parla a ruota libera. È fuori di sé, sostiene che queste cose succedono solo a lui, che non valeva la pena di mettere la testa a posto per ritrovarsi nei guai fino al collo».

«Sono passati quattordici anni dalla sua ultima condanna».

«Lo so, ho controllato».

Justin Duclos posò la pipa sul davanzale della finestra e, con inaspettata abilità, manovrò la sedia spingendo a mano le due ruote. Arrivò così davanti a un comò panciuto e aprì un cassetto, mentre Berna faceva finta di niente.

All'ex commissario non piaceva che ci si interessasse troppo da vicino ai suoi tesori. Il cassetto conteneva almeno un centinaio di taccuini foderati di tela cerata nera, tutti dello stesso tipo, taccuini a buon mercato come quelli che usano le lavandaie.

Quei taccuini erano già famosi all'epoca in cui Duclos apparteneva ancora al Quai des Orfèvres: quando seguiva un caso, infatti, aveva l'abitudine di cavarne uno dalla tasca, inumidire la punta della matita e scarabocchiare qualche parola con una grafia quasi illeggibile.

«Quindici anni...» borbottò. «Aspetta».

I taccuini erano numerati. Duclos trovò quello che cercava e prese a sfogliarlo.

«L'ultima volta Louis è stato condannato per aver tentato di trasportare in Belgio della merce che era stata rubata in un negozio di boulevard Saint-Martin. Lavorava con Fred il Tatuato. Sai che ne è stato di lui?».

«Non ne sento parlare da un pezzo».

«Forse faresti meglio a informarti. Dubito che Fred abbia messo la testa a posto. Ricordo di averlo arrestato una mattina d'inverno in una camera ammobiliata di rue Saint-Antoine... Un momento...».

Era proprio ciò che il commissario sperava di ottenere passando a trovarlo come per caso. Grazie a Justin risparmiava ore e ore di laboriose ricerche.

«Otto anni fa, l'anno prima del mio incidente... Ecco qui... 7 gennaio... Hôtel de la Lune...».

Sfogliò qualche pagina.

«Cinque anni di prigione. Quindi è in libertà da tre anni, a meno che, poi, tu non l'abbia rispedito in gattabuia».

Berna si alzò a fatica e spense il mozzicone di sigaretta in un portacenere.

« Grazie, Justin ».

« Grazie a te di essere passato a salutarmi ».

Sulla soglia l'omone si voltò:

« Tu che faresti al posto mio? ».

« Cercherei ».

« Dove? ».

« Ovunque ».

« E se succede qualcosa anche alla prossima Cantante di Pigalle? ».

« Sarebbe un'indicazione. Pensi che Louis ne troverà un'altra? ».

In quel momento entrò Lili, che accompagnò alla porta il commissario.

« Arrivederci, piccola ».

« Non sono tanto piccola! » ribatté lei. « Ho compiuto ventitré anni la settimana scorsa ».

« Come passa il tempo! Mi sembra ieri che... ».

Basta! Meglio non parlare di questo, non ricordare in quali circostanze, vent'anni addietro, Justin Duclos, all'epoca semplice ispettore e con la moglie ancora viva, aveva adottato una bambina che i genitori, per forza di cose, non sarebbero mai venuti a reclamare.

« Hai sentito, Lili? » chiese l'ex commissario, quando furono di nuovo soli.

« Sì ».

« Origliavi? ».

E lei, con franchezza:

« Sì ».

« Lo trovi interessante? ».

Questo sembrava sempre turbarlo.

« Lo sai benissimo ».

Non le chiese perché: era un argomento tabù.

« Ora devo andare a fare la spesa. Ti va un cosciotto di agnello? ».

Il sole brillava più forte e il fumo della pipa saliva lento nell'aria calma. Sugli ippocastani del lungosenna cominciavano a spuntare le prime pallide foglioline.

«Non ci metterò molto».

Lili s'infilò la giacca del tailleur blu, si calcò in testa un cappellino rosso e scese le scale, con la sporta delle provviste appesa al braccio. Passando davanti alla guardiola, aprì a spiraglio la porta e gridò alla signora Arnaud:

«Torno subito...».

Ma quando risalì, una mezz'ora dopo, si fermò al terzo piano e bussò alla porta dell'appartamento sotto il loro. Le aprì una ragazza un po' più grande di lei.

«Buongiorno, Juliette. Ho bisogno di te».

«Dimmi».

Dal tono di Juliette si capiva che non era una novità, ma che la cosa non le dispiaceva.

«Ce l'hai ancora quel vestito di seta nero? Me lo presti?».

«Ma lo sai che sono più magra di te».

«Appunto, mi serve aderente».

«E se si strappa?».

«Prometto di trattenere il respiro» scherzò Lili.

«Quando ti serve?».

«Oggi pomeriggio e probabilmente per tutta la notte. Non dirlo a nessuno. È molto importante».

Alle tre Justin Duclos stava leggendo i giornali pomeridiani davanti alla finestra.

«Esco per un paio d'ore» annunciò Lili. «Se hai bisogno di qualcosa, c'è giù Juliette...».

Capitava spesso. Juliette faceva la sarta e stava quasi sempre a casa, sicché all'ex commissario bastava battere il bastone sul pavimento per avvertirla che aveva bisogno di qualcosa. Ma vi ricorreva di rado, perché ci teneva a fare da sé, a dispetto della sua infermità.

Con il vestito nero in una scatola di cartone, Lili corse verso il métro e ne uscì a Pigalle. In pieno giorno la strada aveva un aspetto anonimo ma la ragazza finì per trovare una piccola porta a vetri con le tende a quadretti rossi, che di notte doveva essere illuminata dalle lettere vermiglie della scritta « Pélican ».

Un po' più avanti sul marciapiede stazionava un uomo che sembrava intento a osservare un negozio di biancheria femminile, e Lili suppose che fosse un ispettore del commissario Berna. Ciò nonostante provò a girare la maniglia della porta e questa si aprì. L'interno del locale era in penombra. A destra si vedeva un lungo bancone, poi dei tavoli di legno lucido disposti intorno a una minuscola pista da ballo e, dietro, un palco per tre o quattro musicisti, con la parola « Pélican » dipinta sulla batteria, insieme alla sagoma di una donna in nero.

« C'è nessuno? ».

I suoi occhi non si erano ancora abituati alla penombra quando nell'angolo sinistro della sala si alzò qualcuno: un individuo basso e tarchiato, in maniche di camicia, con la barba non fatta e i radi capelli neri pettinati in modo da coprire il cranio calvo.

« È lei il proprietario? » chiese la ragazza, ostentando disinvoltura.

Con un mozzicone di sigaro stretto fra i denti, l'uomo la guardò avanzare e la sua espressione era tutt'altro che incoraggiante.

« Che vuole? ».

« Il signor Louis, vero? ».

« Devo mostrarle la carta d'identità? ».

« La prego di scusarmi. Ho letto il giornale di oggi ».

« E con questo? ».

« C'è scritto che Lucy Perrin è scomparsa. Suppongo quindi che non verrà a cantare stasera ».

L'uomo non la invitava a sedersi, e non si sedeva

neanche lui. Restava lì, con le mani in tasca, e sembrava un grosso orso diffidente.

« Ho pensato che potrei fare al caso suo ».

« Per cosa? ».

« Per la Cantante di Pigalle ».

Il proprietario scosse la testa con aria di sufficienza e lanciò un'occhiata eloquente al suo tailleur da ragazza ammodo.

« Mi permette di provarci? ».

« A far cosa? ».

« A esibirmi. Ho portato il vestito da sera... ».

Louis dovette insospettirsi, perché a un tratto azionò un interruttore che accese le lampade più vicine e osservò la giovane con attenzione.

« Di' un po', ragazza mia, chi è che ti manda? ».

« Nessuno. Ho letto il giornale. Aspettavo da tempo un'occasione ».

« Un'occasione per farti ammazzare? ».

« Per cantare a Montmartre ».

« Chi è? ».

« Non capisco ».

« Chi ti manda? ».

« Nessuno, gliel'ho detto ».

Sembrava sul punto di scoppiare a piangere.

« Lasci almeno che le mostri cosa so fare... ».

Preoccupata com'era di essere cacciata via, Lili si guardò intorno e scorse una porta, quella di una cucina fredda e deserta, che probabilmente veniva utilizzata solo la sera.

« Mi dia un minuto. Il tempo di cambiarmi ».

Fece in un batter d'occhio, come se avesse provato ogni piccolo movimento. Il vestito nero era così aderente che dovette togliersi la sottoveste, poi con un gesto rapido cambiò pettinatura, si mise il rossetto e sottolineò gli occhi con una matita nera.

Tornò in sala e si diresse subito al pianoforte senza dare a Louis il tempo di protestare.

«Conosco il repertorio. Ho i dischi a casa...».

Louis l'ascoltava cantare, stupito, inquieto, le girava intorno come per vederla meglio da tutte le angolazioni. Risuonarono dei passi per le scale, si aprì una porta e sulla soglia apparve un donnone in vestaglia, che restò lì a osservare la scena.

Alla fine della prima strofa fu lei a chiedere, scrutando Louis con uno sguardo diffidente quasi quanto il suo:

«Dove l'hai scovata, questa?».

«Non l'ho scovata io. È stata lei a venire».

«Chi l'ha mandata?».

«Nessuno!» ribadì con forza Lili. «Vi assicuro che non mi ha mandata nessuno. Devo guadagnarmi da vivere. Voglio esibirmi nei night club, e ho letto il giornale...».

Marito e moglie si guardarono: la donna alzò le spalle e si riavviò su per le scale borbottando:

«Fa' come vuoi. La cosa non mi piace».

«Mi lascerà esibire stasera, vero, signor Louis?».

Il gestore, indeciso, sbirciò fuori attraverso la tenda. Probabilmente scorse la sagoma dell'ispettore, che doveva conoscere... Forse fu tentato di andare a chiedergli consiglio.

Lili aveva ripreso a cantare, con la voce che ci voleva, la voce un po' rotta, un po' rauca, delle donne vissute.

«Basta così!» le ordinò Louis.

«È un sì?».

«Hai un ragazzo?».

«Al momento, no».

«Conosci Émile?».

«Dipende da quale Émile. Ho un cugino, in provincia, che si chiama così. Posso tornare stasera?».

Andò a cambiarsi senza aspettare la risposta. Quando tornò, aveva in mano la scatola che conteneva il vestito nero.

« Tanto vale lasciarla qui. Dove la metto? ».

Lui la prese e la posò dietro al bancone, sempre con aria pensierosa. Per rincasare, Lili cambiò cinque volte métro nel timore che l'ispettore si fosse messo in testa di seguirla.

« Mio padre ha chiamato? ».

« No. Il mio vestito? ».

« L'ho lasciato lì perché mi servirà anche stasera. Sta' tranquilla, non si è strappato ».

II

Mentre si truccavano, Nataša si ostinò a non aprire bocca, ma il suo sguardo, nello specchio, non smetteva di esaminare Lili.

« Nataša » non era il suo vero nome, ma quello con cui l'annunciavano in scena, e lei non era russa: con ogni probabilità veniva dal Midi, forse da Marsiglia o Nizza. Anche Lili la osservava, in modo meno ostentato, con rapide occhiate furtive.

Tutte e due si erano inerpicate su per la buia rampa di scale che portava al piano di sopra ed erano entrate nella camera di Louis e della moglie, una camera così banale, così squallida che avrebbe potuto appartenere a una qualsiasi coppia di pensionati, con ninnoli di cattivo gusto sui mobili e fotografie appese alle pareti.

Dabbasso i musicisti erano già arrivati e stavano accordando gli strumenti.

Louis, con il corpo tozzo strizzato in uno smoking e il viso sbarbato di fresco, ma con un'ombra scura sul mento, era in piedi accanto al bancone, pronto ad accogliere i clienti, mentre la moglie aveva preso possesso della cucina.

Oltre a loro, c'era un barman dall'aspetto e dall'accento italiano, nonché un vecchissimo cameriere, così pallido da dare l'impressione che il sangue gli si fosse via via scolorito sotto la pelle.

Louis le aveva presentate l'una all'altra:

« Lei è Nataša, lavora qui da più di un anno. E lei è Lili, un nuovo acquisto. Andate a prepararvi tutte e due ».

E aveva dato a Lili la scatola di cartone che conteneva il suo vestito.

Non sembrava entusiasta di averla ingaggiata e continuava a osservarla con diffidenza.

La ballerina, invece, la esaminava da donna, e da donna che ne ha viste di tutti i colori: non le sfuggiva il minimo dettaglio, né la forma delle unghie, né la freschezza dell'incarnato, né il modo in cui Lili si incipriava il viso.

Quanto a Nataša, certi uomini dovevano trovarla bella, un frutto maturo, voluttuoso, e forse non vedevano quanto c'era già in lei di appassito, e di amaro. Davanti a loro, con ogni probabilità, la ballerina non lasciava che la sua bocca assumesse la piega dura che aveva mentre guardava la collega nello specchio.

« Prima volta? ».

« In un night club, sì ».

Le domande erano precise e Nataša avrebbe subito notato anche il più piccolo errore nelle risposte.

« Dove, allora? ».

« Ho fatto la comparsa in teatro e ho cantato in alcuni cori ».

« Perché sei venuta qui? ».

« Mi è parsa una buona occasione ».

« Hai un uomo? ».

« Al momento, no ».

Nataša doveva pensare, doveva *sapere*, che non ne aveva mai avuti.

«Chi ti mantiene?».

«Nessuno».

«Sei venuta in taxi...».

A fine giornata aveva piovuto – uno scrosciante acquazzone di primavera –, ma le scarpe di Lili non erano bagnate. Era vero che aveva preso un taxi, perché era uscita all'ultimo momento, dopo aver fatto salire Juliette in camera sua, nell'eventualità che l'ex commissario la chiamasse. Non succedeva mai. Justin Duclos sosteneva che il suo punto di forza, in polizia, fosse stato la capacità di dormire.

«Faresti meglio a lasciar perdere».

«Perché?».

«Non è un posto per te».

E, come seguendo il filo dei suoi pensieri, aggiunse:

«Sei dello stesso genere di quella di ieri».

«Vuoi dire che rischio di farmi ammazzare anch'io?».

L'attimo era già passato: la ballerina non aveva intenzione di dire di più. Si alzò, si stiracchiò, seminuda com'era, e con un sospiro indossò, a mo' di divisa, uno strano vestito di lamé, con la schiena scoperta, che poteva slacciare con un semplice movimento durante il suo numero con il ventaglio.

«Sbrigati. Dobbiamo scendere».

Quando entrarono in sala, l'orchestra aveva attaccato a suonare da qualche minuto, una decina di spettatori aveva già preso posto ai tavoli e due o tre uomini erano al bar.

«Siediti qui, e se un cliente ti chiede cosa vuoi bere ordina dello champagne».

Louis mormorò qualcosa all'orecchio di Nataša e fece segno ai musicisti di annunciare il numero con un rullo di tamburi. La maggior parte delle lampade si spense e un riflettore proiettò un fascio di luce bluastra sulla pista. Con un movimento secco la ballerina aprì il ventaglio di piume e si fece avanti.

Ma Lili non prestò attenzione allo spettacolo: aveva riconosciuto al primo sguardo uno dei consumatori davanti al bancone, e lui, dal canto suo, aveva riconosciuto lei. Negli occhi dell'uomo passò un lampo di stupore, poi una domanda muta. Alla fine le fece capire a gesti che doveva assolutamente parlarle.

A questo la ragazza non aveva pensato. A parte il capo della Squadra anticrimine, Berna, che era improbabile incontrare lì, lei conosceva un solo ispettore della Polizia giudiziaria, il piccolo Lapointe, come lo chiamava Duclos, e quella sera avevano mandato giusto lui a sorvegliare il Pélican.

In realtà Lapointe non era affatto piccolo. Anzi, era un ragazzone alto e magro che ogni tanto, quando era alle prese con un caso complicato, andava a chiedere consiglio all'ex commissario.

« Sembra uno sposino o un chierichetto ».

Paragonarlo a un chierichetto era esagerato, ma l'immagine dello sposino gli calzava a pennello: sui venticinque o ventisei anni, Lapointe aveva un aspetto così fresco, così candido, che nessuno lo prendeva per un ispettore di polizia.

Risuonarono gli applausi. Un altro rullo di tamburi annunciò la fine dell'esibizione, e Nataša, nuda dietro il ventaglio, uscì di scena indietreggiando.

« Tocca a te... ».

Una luce brillò nello sguardo di Lili. Sapeva che, vedendola sulla pista, sentendo la sua voce rauca e languida, Lapointe non avrebbe creduto ai suoi occhi né alle sue orecchie.

Lili aveva provato a lungo il numero, e non solo quello. Sotto il riflettore, che da blu era diventato rosso, non era più una ragazza ammodo, ma la perfetta incarnazione della Cantante di Pigalle, dell'artista che notte dopo notte, tra una bottiglia di champagne e l'altra, intona mollemente le sue canzoni. Tanto che persino Louis aggrottò la fronte e si scambiò uno sguardo stupefatto con il barman.

Lili invece fissava Lapointe con occhi colmi di ironia e di sfida. Tentando di darsi un contegno, l'ispettore prendeva di continuo il bicchiere e beveva senza accorgersene, a disagio, in preda a chissà quali sospetti.

Davvero poteva credere che la ragazza si esibisse così ogni sera, per suo piacere o per qualche ragione misteriosa?

Finito di cantare, anche Lili indietreggiò salutando un'ultima volta, e stava per andare a sedersi al tavolo indicatole dalla ballerina, quando Lapointe le si precipitò incontro a grandi passi. Louis, preoccupato, lo teneva d'occhio. Nataša, che era più vicina a Lili, tese l'orecchio.

«Ho bisogno di parlarle».

E lei, come se non lo riconoscesse, con la stessa voce di quando cantava:

«È un poliziotto, immagino».

«Senta...».

«Sbaglio, o intende interrogarmi?».

Nel frattempo si era avvicinato pure Louis.

«Senta, signor Louis, c'è un poliziotto che vuole parlarmi. Che faccio?».

Poi, senza dargli il tempo di rispondere:

«Lo porto di sopra? Meglio che i clienti non ci vedano, giusto?».

Aprì la porta delle scale e fece segno a Lapointe di seguirla su per la rampa buia.

«L'avverto che tra mezz'ora tocca di nuovo a me. Se è una scusa per farmi il filo, guardi che non attacca».

Aveva usato un tono convincente? Non era tanto

Louis che bisognava ingannare, quanto Nataša che si era piazzata ai piedi della scala.

« Da questa parte, prego. Allora, che vuole da me? ».

Lili chiuse la porta e si mise un dito sulle labbra.

« Parli sottovoce! » sussurrò.

Poi si diresse in punta di piedi verso una seconda porta. Non sapeva cosa ci fosse dietro, forse un'altra camera. Provò a entrare, ma era chiusa a chiave.

« Cosa le è saltato in mente? » chiese Lapointe, che sembrava su tutte le furie e stentava a dominarsi.

« E a lei? ».

« Non vorrà dirmi che suo padre sa che è qui? ».

Tutti parlavano di Justin Duclos come di suo padre.

« Perché no? » replicò la ragazza.

E, con la sua voce di scena, a volume piuttosto alto:

« Allora? Forza, con queste domande! Che aspetta? Non penserà che sono stata io ad ammazzare le due cantanti? ».

« Suo padre lo sa? » ripeté Lapointe.

Lei alzò le spalle. Che cosa poteva rispondere? Non era la prima volta che si cimentava con un caso su cui la polizia annaspava. E non era la prima volta che questo la portava a passare parte della notte lontano da quai de la Tournelle e a bazzicare strani ambienti.

Certe mattine al Quai des Orfèvres squillava il telefono e una voce anonima diceva:

« La prova che cercate per il delitto di avenue de l'Opéra si trova nella camera 18 dell'hôtel Beauséjour ».

Justin Duclos non le aveva mai detto niente, non aveva mai fatto menzione delle sue assenze. E non batteva ciglio vedendola consultare i taccuini neri del famoso cassetto.

Per quanto non avessero meno confidenza di un vero padre e una vera figlia, c'erano argomenti dei quali evitavano di parlare, forse per una specie di pudore.

Lapointe, invece, che non aveva alcun diritto su di lei, era fuori di sé. Guardava inorridito la camera in cui Lili sembrava a suo agio, i cosmetici sulla toeletta, i vestiti di Nataša gettati sul letto.

«Lo fa da molto, questo lavoro?».

«E lei?».

«È il mio mestiere. Non è la stessa cosa».

«Perché l'ha scelto?».

E, siccome Lapointe non rispondeva:

«Perché sentiva di avere la vocazione, giusto? Perché ha un'anima da poliziotto. E per quale ragione non posso averla anch'io, un'anima da poliziotto?».

Poi andò verso la porta, l'aprì di colpo e, senza mostrarsi stupita, disse a Nataša, che cercava di darsi un contegno:

«Entra! Può continuare a farmi domande anche in tua presenza. Vuole sapere perché sono venuta a cantare al Pélican e chi me l'ha suggerito. Gli ho risposto come avevo risposto a te poco fa, cioè che mi è parsa una buona occasione e che l'ho colta al volo, ma lui non vuole credermi».

«Non ha altro da dirmi?» borbottò Lapointe livido di rabbia.

«Non ha altro da chiedermi? Immagino che farà indagini approfondite su di me e che, quando uscirò di qui, alle quattro del mattino, mi seguirà. A quanto riporta il giornale, la notte scorsa c'era un poliziotto come lei, o forse era proprio lei, alle calcagna di Lucy Perrin».

Era riuscita a convincere Nataša? Lili, sempre più nel ruolo, aveva l'impressione di aver trovato il tono giusto, e questo le procurava un certo compiacimento. Voleva andare fino in fondo.

«Del resto, chi ci assicura che Lucy Perrin sia morta, e che la sua scomparsa non sia invece una manovra della polizia? A sentire voialtri, è tornata a casa e a un tratto si è volatilizzata».

Lili notò che Nataša aggrottava la fronte.

«E ora basta! Louis non mi paga per perdermi in chiacchiere. Se ci tiene tanto a interrogarmi, mi convochi al Quai des Orfèvres».

Si rivolse alla ballerina e disse:

«Andiamo, Nataša?».

Lasciò Lapointe attonito nel bel mezzo della stanza, e nell'uscire si voltò a mostrargli la lingua.

Lui le seguì giù per le scale, si fece strada fra i tavoli e andò a riprendere posto al bar. Poco dopo entrò nella cabina telefonica e Lili si chiese se stesse telefonando in quai de la Tournelle. Avrebbe osato? Pensandoci su, la ragazza si disse di no.

«Non li sopporto, questi sbirri» sospirò sedendosi accanto a Nataša.

«Perché, hai mai avuto a che fare con loro?».

Invece di azzardare una risposta che avrebbe potuto rivelarsi imprudente, preferì fissare il vuoto con espressione dura, come chi ne ha viste tante.

«Che voleva da te?».

«L'hai sentito».

«Quando hai aperto la porta, ero appena arrivata».

Lili ne era quasi certa, ma fu comunque sollevata dalla conferma che l'altra non aveva ascoltato la prima parte della conversazione.

«Gli sembra strano che mi sia fatta ingaggiare come cantante, a quanto pare. Secondo loro, c'è sotto qualcosa, mi ha mandato qualcuno. Lo sbirro dev'essersi immaginato che non fossi venuta di mia spontanea volontà».

Avevano davanti un drink ciascuna, per salvare le apparenze, dato che i bicchieri contenevano solo acqua colorata. Nataša, per abitudine, passava in rassegna la sala, ma di uomini soli disposti a offrirle una bottiglia non se ne vedevano. Di solito arrivavano sul tardi, quando gli altri night club chiudevano. Un paio di coppie ballavano. L'atmosfera era tetra. Louis, che sosteneva di essere in buoni rapporti con la polizia, si era avvicinato a Lapointe tentando di ingraziarselo con una consumazione «offerta dalla casa».

«Sigaretta?».

Lili accettò e protese il viso verso il fiammifero che Nataša le porgeva.

«Grazie. Mi chiedo perché pensino una cosa del genere. Forse seguono una pista di cui i giornali non parlano...».

«Cosa te lo fa credere?» disse la ballerina, con i gomiti puntati sul tavolo e le mani incrociate sotto il mento.

«Non lo so, è solo un'ipotesi. In ogni caso, non ho paura. Non c'è motivo che qualcuno si diverta a uccidere la cantante del Pélican, chiunque sia. Perché non prendersela anche con la ballerina? Hanno forse tentato di ucciderti? No! E allora?».

«Sei più sveglia di quanto sembri. All'inizio ti ho preso per una pivellina, come quella di ieri, Lucy Perrin. Adesso mi chiedo...».

«Cosa?».

«Niente».

Nataša si alzò per riproporre il suo numero, perché il locale era un mortorio: già due volte la porta si era aperta, potenziali clienti si erano affacciati a dare un'occhiata e, non trovando l'atmosfera che cercavano, se n'erano andati.

Ormai Lapointe evitava di guardare dalla sua parte, ma Lili sapeva benissimo che pensava a lei, ed era sicura che appena fosse uscita l'avrebbe raggiunta. A chi aveva telefonato? Al Quai des Orfèvres? Perché?

Lili arrossì pensando che con ogni probabilità aveva chiesto rinforzi per proteggerla meglio. Ma perché si immischiava?

Louis venne a occupare il posto lasciato libero da Nataša.

«È stato brusco?» le chiese sottovoce, indicando col mento l'ispettore.

«Non troppo».

«Lo conosco. Non è cattivo, ma è zelante».

Lei sorrise.

«Con me non attacca!» affermò.

Faceva un curioso effetto guardare il numero di Nataša da dietro. Tra i musicisti c'era anche un giovane fisarmonicista che aveva notato Lili e le lanciava occhiate languide.

Erano circa le due. Un gruppo di quattro stranieri, appena entrati e già alquanto alticci, proruppe in applausi, ridendo rumorosamente, senza aspettare che la ballerina finisse il suo numero.

A Lili la notte pareva più lunga del previsto e ripensava al sorriso di Duclos quando era andata a salutarlo.

Un sorriso che non aveva mai visto sul volto di nessuno, il sorriso di chi ha vissuto tutto, capito tutto.

Chissà che non avesse capito pure stavolta... E, in tal caso, chissà che non gli facesse piacere...

«Tocca a te!...».

Lungo la schiena di Nataša correvano rivoli di sudore. L'aria cominciava a surriscaldarsi e Lili, nel vestito troppo aderente, si sentiva soffocare. Cantò ancora, girata verso i nuovi arrivati che si sentivano in dovere di battere il tempo. Notò anche che Lapointe beveva whisky ed era già arrivato al terzo bicchiere, come se avesse bisogno di calmarsi i nervi.

Quando Lili terminò il numero, Nataša era seduta al tavolo degli stranieri, dove il cameriere incartapecorito aveva portato un secchiello con lo champagne.

Chiamarono anche Lili, e lei temette che Lapointe intervenisse indignato.

Alle quattro erano rimasti solo tre clienti, a parte l'ispettore, e Louis guardò i musicisti battendo le mani.

« Si chiude! ».

Lili seguì di nuovo Nataša su per le scale, e si munirono tutte e due di asciugamani per struccarsi. La ballerina aveva l'aria stanca, le labbra incurvate all'ingiù.

Come all'inizio della serata, Lili aveva l'impressione che volesse farle una domanda o dirle qualcosa. Meglio darle tempo, senza forzarle la mano.

« Mi sembri una brava ragazza ».

« Sono d'accordo » rise Lili.

« Perché hai detto allo sbirro che forse Lucy Perrin non era morta? ».

« Non lo so. Tanto per parlare, per provocarlo... ».

Fece una pausa, cercò un angolo pulito dell'asciugamano e aggiunse in tono più serio:

« Ma, in fondo, potrebbe essere vero ».

« Lo penso anch'io ».

« Ah! ».

Ora Nataša sceglieva con cura le parole e Lili doveva evitare di mostrarsi troppo attenta.

« Non ne sono sicura. Ma ieri sera l'ho visto subito che non era fatta per questo mestiere. Le ho chiesto se aveva paura. Con i maniaci che ammazzano le donne alle quattro del mattino, non si sa mai ».

Lili sembrò rabbrividire sul serio.

« Ho aggiunto che al suo posto me la sarei squagliata ».

« Ed è quello che ha fatto? ».

« Non lo so. Affari suoi. Ma, fossi in te, sparirei dalla circolazione ».

Lili la guardò. Impossibile stabilire se c'era un che di minaccioso nell'atteggiamento di Nataša.

« E dove dovrei andarmene? ».

«Non importa. Alla larga».

«Ho promesso a Louis...».

«Louis ne troverà quante ne vuole...».

Era in vestaglia, una vestaglia dal colore indefinibile, tutta macchiata di cipria e belletto.

«Devo fare una telefonata...» disse a un tratto.

E Lili, con aria ingenua:

«A chi?».

La ballerina uscì senza rispondere. Allora, rimasta sola nella camera, Lili cominciò ad aver paura. Per un attimo le parve che la maniglia della porta di comunicazione con l'altra stanza si muovesse. Si alzò per prendere il vestito, non volendo farsi sorprendere seminuda, e udì dei passi sulle scale, passi lenti, regolari, con il tipico scricchiolio di certe scarpe di vernice.

Louis apparve sulla soglia mentre Lili si rivestiva, e la ragazza si chiese se era di lui che doveva aver paura. Sembrava molto stanco, aveva borse scure sotto gli occhi. Non osava guardarla in faccia, e non spiegava perché fosse salito.

«Le è piaciuto, il mio numero?» fece Lili con l'aria più naturale del mondo.

Era una sua impressione o Louis tendeva l'orecchio verso la sala, quasi temesse anche lui di essere sorpreso?

«Il numero è buono, forse il migliore che abbia mai avuto, ma...».

Non finì la frase. Qualcuno stava salendo a passi rapidi e leggeri: era Nataša, che si affrettò a squadrarli l'uno dopo l'altro come per coglierli in castagna.

«Le stava facendo il filo?» chiese a Louis con una smorfia cattiva.

Lui si sforzò di ridere.

«Credevo che sua moglie le proibisse di salire mentre le artiste si vestono».

Era già un vecchio, in fondo, un uomo stanco, tormentato.

«Volevo sapere se contava di tornare».

«Lo scopriremo domani».

Sul serio Louis era preoccupato per lei? Si avviò a passi lenti verso la porta, come pensieroso.

«A ogni buon conto le chiamo un taxi».

«Perché, non ci sono abbastanza poliziotti per proteggerla?».

In quel momento Lili la vide riflessa nello specchio mentre l'altra non sapeva di essere osservata, ed ebbe la certezza che Nataša aveva lanciato a Louis un'occhiata furibonda.

Un rapido gesto per sistemarsi il cappellino rosso ed era pronta.

«Lascio qui il mio vestito» disse in tono leggero. «Se domani non vengo, vuol dire che...».

«Non si scherza con queste cose!» la interruppe la ballerina.

III

Lili chiuse la portiera del taxi proprio mentre Lapointe tentava di salire a bordo. Alla vista della sua espressione delusa, la ragazza trattenne a stento una risata e, a beneficio di Louis, che stava sprangando le imposte, gridò all'ispettore:

«Se ha bisogno di me, mi convochi al Quai des Orfèvres».

Una macchina che stazionava un po' più in là si mise in moto per seguire il taxi, e Lili riconobbe una delle utilitarie nere della Questura. Lapointe aveva preso le sue precauzioni per proteggerla a qualunque costo, il che non le dispiacque. Al tassista diede l'indirizzo di quai de la Tournelle.

Ebbe un po' di paura avviandosi su per le scale deserte? Una volta chiusa la porta di casa, rimase immobile, con le orecchie tese, e qualche istante dopo un uomo scese senza far rumore, di certo un altro ispettore che Lapointe aveva fatto appostare nello stabile affinché Lili non sparisse come Lucy Perrin. Con ogni probabilità adesso si sarebbe seduto su un gradino finché il viavai mattutino degli inquilini non l'avesse obbligato a scegliere un nuovo posto di osservazione.

«Alzati, bella mia, e tornatene nel tuo letto!» mormorò scuotendo la povera Juliette, che era al calduccio sotto le coperte.

Cinque minuti dopo Lili dormiva profondamente e quando la suoneria della sveglia le trapanò la testa le parve fosse passato solo un attimo.

Fece il caffè e lo portò a Justin Duclos. La signora Arnaud salì ad aiutarla, come ogni mattina, e il tempo passò in fretta, finché alle dieci non risuonò la frase rituale della magra portinaia:

«Ha ancora bisogno di me, signorina Lili?».

Justin Duclos, seduto accanto alla finestra, ricevette il quotidiano saluto del venditore di stampe e vecchi libri.

«Vado a fare la spesa» annunciò Lili prendendo il cappellino rosso.

Lui non cercò di trattenerla. Forse non sapeva niente. Dopo neanche una decina di passi un uomo le si mise alle costole, e Lili non ebbe bisogno di girarsi a guardarlo per sapere che era il piccolo Lapointe.

«E adesso?» fece l'ispettore.

«Immagino che sia inutile chiederle di lasciarmi sola».

«È fuori discussione».

«Allora venga!».

Chiamò un taxi e diede l'indirizzo di Lucy Perrin,

in boulevard des Batignolles. Parigi era più splendente dopo la pioggia della sera prima, e a ogni angolo di strada si vedevano carrettini pieni di fiori.

Quando scese dal taxi, Lili entrò in un bar che odorava di vino bianco.

« Può offrirmi un caffè » disse a Lapointe.

Nel frattempo si mise a sfogliare l'elenco telefonico per accertarsi che le Perrin non fossero abbonate.

« Le dispiace aspettarmi qui per qualche minuto? ».

« Suppongo che intenda far luce su quello che la polizia non è riuscita a scoprire... ».

« Sì » si limitò a rispondere Lili.

La portinaia era intenta a lavare l'androne.

« La signora Perrin è in casa? ».

« Non l'ho ancora vista uscire ».

« Lucy non è rientrata, vero? ».

Non destava sospetti: poteva essere un'amica, semplice com'era nel tailleur blu che le aveva fatto Juliette, una camicetta bianca e la macchia rossa del cappellino.

« Immagino che per parlare con la signora Perrin si debba chiamare al numero della guardiola ».

« Non vale la pena di farle fare cinque piani di scale. La signora Roy, la sua vicina di pianerottolo, ha il telefono e... ».

Lili suonò alla porta della signora Roy, e le aprì una vecchia con un fazzoletto in testa e in mano uno straccio per la polvere.

« Mi scusi se la disturbo. Si ricorda a che ora, ieri, hanno cercato al telefono la sua vicina, la signora Perrin? ».

Non le diede il tempo di stupirsi.

« Aspetti... Avevo appena messo lo spezzatino sul fuoco... Saranno state le undici, undici e qualcosa... Ma perché... ».

«Non si preoccupi. Grazie. Vado dalla signora Perrin».

E mentre suonava alla porta di fronte, la vecchia continuò a guardarla sconcertata e si ritirò in buon ordine solo quando la ragazza entrò nell'altro appartamento.

«Non abbia paura, signora Perrin... Sono un'amica...».

«Un'amica di Lucy?».

«In un certo senso».

L'appartamento era allegro e pulito, con un vaso di gerani sul davanzale della finestra. La signora Perrin non aveva l'espressione afflitta di una madre che ha appena perso la figlia.

«Senta, da dove le ha telefonato Lucy ieri mattina?».

«Chi le ha detto...?».

«So che l'ha chiamata, che è al sicuro, non lontano da Parigi...».

«Mi ha raccomandato di non parlarne con nessuno. Dice che è *una questione di vita o di morte...*».

«È proprio per tirarla fuori dai guai che ho bisogno di informazioni... Suppongo che in estate vi capiti di andare a passare il weekend in qualche località dei dintorni, ed è lì che Lucy...».

«Sicuro che è per il suo bene? Io non sapevo neanche che cantava in quel night. Mi aveva detto che...».

«Dov'è?».

«Mi ha chiamata dal Vieux Garçon».

«Vicino Corbeil?».

«Sì... È una locanda...».

«La conosco, grazie. Se Lucy ritelefona, le dica che è tutto a posto...».

Quasi si scontrò con Lapointe che l'aspettava sul marciapiede, tenendo goffamente in mano un mazzolino di violette.

«La Polizia giudiziaria le rimborsa i viaggi in taxi?».

Quando rientrò nell'appartamento dove il sole cominciava a guadagnare terreno e l'aria era satura di fumo di pipa, Justin Duclos non le fece domande.

Allora, mentre apparecchiava la tavola per due, Lili non resistette alla tentazione di giocare col fuoco. Le dispiaceva essersi inventata un appuntamento con un'amica. Si sentiva a disagio ogni volta che gli mentiva. Perciò, a mo' di riparazione, voleva offrirgli una sorta di indizio. A lui dedurne o no il resto.

«Credo che il tuo amico Berna verrà presto a trovarti» buttò lì, senza guardarlo.

Justin Duclos si limitò a dire:

«A quanto si legge sui giornali, c'è stata una terza Cantante di Pigalle, e finora non è morta».

«No, non è morta» confermò Lili tutta allegra.

«È un segno».

«Sì».

«Scommetto che Berna ne avrà tratto le debite conclusioni».

Lili aveva appena iniziato a sparecchiare quando per le scale risuonò l'inconfondibile passo del corpulento capo dell'Anticrimine.

Stavolta la ragazza non si diede la pena di lasciare la stanza.

«Un caffè, commissario?».

«E un bicchierino di calvados a parte, se è possibile, piccola mia».

Si piazzò a gambe larghe su una sedia, accese una sigaretta e prese a fumare con quel modo che aveva di espellere lentamente il fumo dalle narici.

Tutto questo richiese un certo tempo. Era il solito gioco tra i due uomini: a chi di loro si stufava per primo e rompeva il silenzio.

Vinse il grassone. Fingendo di osservare una nuvoletta a forma di piumino che galleggiava nel cielo azzurro, Justin Duclos chiese:

«Chi è?».

«Di chi parli?».

«Dell'uomo nascosto nella seconda camera».

Lili rischiò di lasciar cadere la tazzina che aveva in mano e si girò di scatto verso il padre, che diede mostra di non accorgersene.

«Jo il Calvo».

La ragazza sbiancò in volto e si sentì cedere le gambe, colta all'improvviso da una paura retrospettiva. Avrebbe mai osato mettere piede nella camera del Pélican, se avesse saputo che a separarla da Jo il Calvo c'era una semplice porta?

Erano più di sei mesi che la polizia lo cercava. In quei sei mesi aveva commesso almeno tre aggressioni a mano armata, sempre ai danni di esattori bancari, con una tecnica spietata che era il suo marchio di fabbrica. Uccideva. A sangue freddo. Se necessario, sparava anche sulla folla.

Con l'aria di chi conosce già la risposta, Justin Duclos chiese:

«Ferito?».

«Senti un po', chi la conduce l'inchiesta, tu o io? È ferito, sì, e anche gravemente. Avevamo questo sospetto, al Quai, perché l'ultimo esattore ucciso aveva avuto il tempo di sparare, e c'era del sangue sul marciapiede.

«Si è rifugiato al Pélican, o ce l'hanno trasportato i suoi complici, e Louis, terrorizzato, non ha avuto il coraggio di consegnarlo alla polizia».

«La ballerina?».

«Sono amanti da mesi».

«Odette Lagrange ha avuto la sfortuna di vedere quello che non doveva vedere».

«In quel momento non avevano ancora pensato a chiudere la porta a chiave. La cantante ha sentito un rumore, ha aperto e l'ha riconosciuto. La sua foto era stata pubblicata da tutti i giornali».

«Nataša ha telefonato a un complice per farla ammazzare».

«Sì. Quello che non capisco è come mai Louis abbia ingaggiato un'altra cantante, mentre aveva ancora il ferito in casa».

«Forse ha pensato che per non attirare l'attenzione sul Pélican era meglio fare tutto come al solito. Si saranno anche detti che chiudendo la porta a chiave...».

«Ma Jo il Calvo si è messo a gemere» disse Lili sempre per una sorta di sfida.

E siccome la guardavano, aggiunse in tono modesto:

«Così immagino, almeno».

«Alla tua salute!» fece il grasso commissario portandosi alle labbra il bicchiere che aveva riscaldato per qualche istante nel cavo della mano. «Lo sai chi ha dipanato la matassa?».

Un breve silenzio. Duclos si accese la pipa senza guardare nessuno.

«Un ragazzo da cui non me lo sarei aspettato, un tuo pupillo, il piccolo Lapointe. Li sta ancora interrogando. È Jo il Calvo a dargli più filo da torcere. Eppure, se fossero stati davvero intelligenti...».

Allora Justin Duclos, spingendo la sedia a rotelle verso il sole, pronunciò la sua frase preferita, che era diventata celebre al Quai des Orfèvres:

«Se gli assassini fossero intelligenti, non ucciderebbero. Alla tua, Émile!».

E, chissà perché, mentre beveva il calvados, lui e Lili si fecero l'occhiolino.

IL MANICHINO DI LEGNO

Era la fine di un giugno così caldo che si parlava di anticipare la chiusura delle scuole comunali. Davanti alle finestre di quai de la Tournelle le chiome degli alberi formavano una immobile massa verde dove trovavano rifugio migliaia di uccelli.

L'appartamento dei Duclos aveva vissuto la solita routinc mattutina. La signora Arnaud, la portinaia, era salita per aiutare Lili a vestire il padre e a sistemarlo nella sedia a rotelle.

Che ora era quando Lili aveva scorto l'uomo per la prima volta? Le otto, probabilmente, l'ora in cui aveva spalancato le finestre e il baccano di Parigi si era riversato in casa. Lì per lì non vi aveva prestato molta attenzione. Erano a due passi da place Maubert, e la mattina c'era sempre qualche clochard che, dopo aver dormito con la testa reclinata sul tavolino di un bistrot, andava a prendere una boccata d'aria sul lungosenna. Di vista Lili li conosceva quasi tutti. Con alcuni di loro Justin Duclos aveva avuto a che fare quando dirigeva la Squadra anticrimine, e gliene aveva raccontato la storia.

Ma nella maggior parte dei casi non avevano precedenti penali: erano persone che un bel giorno avevano mollato gli ormeggi, come diceva Duclos, e che, nonostante le apparenze, erano inoffensive.

Alle dieci la signora Arnaud era tornata nella sua guardiola e il bouquiniste di fronte aveva salutato l'ex commissario che era seduto alla finestra, con in bocca la prima pipa della giornata.

Un pomeriggio in cui Duclos era al suo solito posto, Lili, rientrando a casa, aveva sorpreso un monello di strada che lo indicava a un compagno dicendo:

« Guarda, il manichino di legno! ».

Lei non se l'era presa a male, e anzi le era sfuggito un sorriso: dal marciapiede, infatti, anche se si scorgeva solo la testa, si intuiva che Duclos era paralizzato. La pallottola che, tempo addietro, l'aveva colpito alla colonna vertebrale non solo gli aveva tolto l'uso delle gambe, ma gli aveva irrigidito il resto del corpo, e il collo in particolare, sicché l'ex commissario aveva perduto la mobilità dei lineamenti e bisognava osservarlo da vicino per decifrarne l'espressione.

Lili c'era talmente abituata – erano passati sette anni da allora – che non ci faceva più caso. Solo la battuta di quel ragazzino di strada glielo aveva mostrato per un istante come appariva agli altri.

Verso le dieci, prima di andare a rassettare la camera da letto, Lili rivide l'uomo sul lungosenna e aggrottò la fronte perché le parve che guardasse le loro finestre. Capì che non era uno dei soliti clochard: i suoi vestiti, per quanto dovesse averci dormito, conservavano un certo decoro. Ma era soprattutto il viso a essere diverso: non aveva l'espressione vuota e rassegnata di chi ormai pensa solo a procurarsi una bottiglia di rosso e un cantuccio per dormire.

I suoi occhi grigio chiaro avevano un'espressione così tragica e concentrata che Lili ne ebbe quasi paura.

«Chi è?» fu tentata di chiedere al padre adottivo.

Ma sapeva che non gli piacevano le domande. Anche lui aveva visto l'uomo, Lili ne era sicura. E avrebbe giurato che lo conosceva benissimo, che non era un caso se quel tizio si aggirava lì intorno, ora avvicinandosi alle bancarelle dei bouquiniste, ora fermandosi a osservare le barche che sfilavano o i passeri che si contendevano le briciole di pane, ora lanciando una rapida occhiata alle finestre.

«Salirà? Non salirà?».

Lili sorrise. La divertiva sempre indovinare cosa pensava Duclos, ed era certa che si stesse appunto chiedendo questo mentre fumava la pipa a piccole boccate.

Rifece i letti. Anche la finestra dell'altra camera dava sul lungosenna e lei non perdeva di vista gli andirivieni dell'uomo sul marciapiede.

Difficile attribuirgli un'età precisa: poteva avere cinquant'anni come settanta, tanto sembrava malridotto.

A poco a poco la sua curiosità aumentò, e Lili finì per sperare che lo sconosciuto trovasse il coraggio di salire.

L'ultima volta che si affacciò alla finestra, l'uomo non c'era più. Passarono dieci minuti buoni prima che si udisse non il suono del campanello, ma il rumore di un paio di colpetti alla porta.

Come se il visitatore pensasse:

«Busso piano. Se mi sentono, il destino vuole che entri. Se non mi sentono, me ne vado».

Lili attraversò rapida il soggiorno dove si trovava Duclos, e capì che il padre aveva notato il suo impeto. Lo sconosciuto era lì, nella penombra del pianerottolo, ancora esitante, al punto da far temere che non avrebbe aperto bocca. Invece finì per mormorare con voce un po' roca:

« Il commissario è in casa? ».

Lo sapeva già perché l'aveva visto dalla strada. In ogni caso, prima che Lili potesse rispondergli, Duclos gridò da lontano:

« Entra, Camus! ».

Perché l'uomo trasalì sentendo quel nome? Non era il suo? Non si aspettava di essere riconosciuto? Lei gli sorrise per metterlo a suo agio, si fece da parte e lo guardò mentre posava il cappello su una sedia e attraversava il soggiorno per avvicinarsi alla poltrona dell'invalido. Lili si accorse così che il visitatore trascinava una gamba in modo strano.

« Siediti » gli disse Justin Duclos.

E l'altro si sistemò sull'orlo di una sedia.

Dopo di che tacquero entrambi. Lili non aveva niente da fare in soggiorno e cercava di prendere tempo, spostando oggetti a caso. Ma siccome i due uomini si ostinavano a non aprire bocca, dovette rassegnarsi, indispettita, a tornare in camera da letto, dove non aveva ancora finito di rassettare.

Lasciò la porta aperta, come al solito. Nella stanza accanto però continuava a regnare il silenzio. Per quanto tendesse l'orecchio, Lili non riusciva a cogliere il minimo sussurro, sicché finì per chiudere rumorosamente la porta, senza nascondere il suo disappunto.

Quel silenzio, il fatto che l'uomo ci avesse messo quasi tre ore per decidersi a salire, i colpetti bussati alla porta nonostante la presenza del campanello, e poi il suo modo di camminare, il suo sguardo fisso, la riluttanza dei due interlocutori, tutto questo non poteva che suscitarle preoccupazione.

Non si sarebbe permessa di origliare, ma ogni tanto si avvicinava alla porta e, a un certo punto, udì un mormorio.

Perché parlavano così piano?

Nell'appartamento di quai de la Tournelle venivano spesso strani figuri. Durante i quarant'anni trascorsi nei ranghi della Polizia giudiziaria, di cui dieci a capo della Squadra anticrimine, Justin Duclos aveva incontrato delinquenti di ogni sorta, nonché tutta la feccia che brulica ai margini delle grandi città e che di solito gli abitanti del centro scoprono con stupore solo durante le manifestazioni di protesta, quando a un tratto certi quartieri si riversano sui Grands Boulevards e sugli Champs-Élysées.

Fra quella gente c'erano degli informatori, e ancora adesso capitava che qualcuno, invece di rivolgersi al Quai des Orfèvres, preferisse passare da lui.

Ce n'erano altri che avevano cambiato vita grazie al suo aiuto e che tuttora gli erano riconoscenti.

E altri ancora che aveva arrestato, fatto condannare, e che, usciti di galera, si sentivano in dovere di andare a trovarlo perché, come dicevano in gergo, era un galantuomo, o perché aveva provveduto alle loro mogli e ai loro figli.

Mai nessuno aveva aspettato che Lili chiudesse la porta per iniziare a parlare. E mai nessuno aveva esitato per tre ore d'orologio prima di salire quei quattro piani di scale.

Lili sorrise pensando che la portinaia doveva essersi ancora una volta allarmata vedendo passare davanti alla guardiola un visitatore come quello.

Dopo circa un quarto d'ora le parve che avessero smesso di parlare, sicché riaprì la porta con studiata indifferenza. I due uomini erano ancora seduti faccia a faccia, tacevano entrambi, ed entrambi avevano un'aria molto grave. Justin Duclos lasciava vagare lo sguardo fuori dalla finestra, mentre il suo ospite fissava intensamente il pavimento.

«Che c'è, Lili?».

«Niente. Qui ho finito, e mi chiedevo se posso andare a fare la spesa».

Perché era così nervosa? Aveva buttato lì quella frase senza riflettere. Di solito, quando il padre riceveva visite, Lili evitava di lasciare l'appartamento perché temeva sempre per lui.

«Sta' tranquilla, non mi farebbero mai del male!» le aveva assicurato più volte Duclos.

E le aveva esposto la sua teoria in proposito:

«Un criminale può uccidere un poliziotto che gli dà la caccia per evitare di farsi prendere. Mai *dopo*! Mai per vendetta. Anzi! Per strano che possa sembrare, tra un delinquente e l'ispettore che, dopo ore di interrogatorio, l'ha costretto a confessare si stabilisce una sorta di intimità, spesso una certa simpatia».

Tant'è che almeno tre assassini che aveva mandato al patibolo gli avevano chiesto come favore personale di assistere ai loro ultimi istanti.

A questo Lili obiettava:

«E il criminale che ti ha sparato addosso il giorno del tuo pensionamento?».

Allora i tratti di Duclos si indurivano al punto da fargli quasi meritare l'appellativo di «manichino di legno».

«Quella è un'altra storia».

«Ma qualcuno ha sparato».

Durante la sua lunga carriera Duclos si era distinto per aver risolto i misteri più intricati. Uscendo dal Quai des Orfèvres, poteva vantarsi di non lasciare ai suoi successori nessun caso in sospeso.

Quel giorno i colleghi riuniti nell'ufficio del direttore gli avevano offerto del porto e consegnato una medaglia commemorativa, nonché un orologio d'oro. L'estate era sul finire. Dopodiché Duclos era andato con pochi intimi alla brasserie Dauphine per un ultimo brindisi.

«Ti chiamo un taxi?» aveva proposto poi Émile Berna, che di lì a breve avrebbe preso il suo posto.

«Vero è che vado in pensione, ma non mi sono mica rimbambito!» aveva replicato lui.

Quai de la Tournelle era a un tiro di schioppo. Gli altri non andavano in quella direzione, e lui si era incamminato da solo, con la pipa tra i denti, martellando il selciato con quel suo passo regolare che faceva pensare a un metronomo.

Ma tra quai des Orfèvres e quai de la Tournelle era stato centrato da una pallottola senza neanche avere il tempo di vedere il suo aggressore, senza sapere da dove fosse partito il colpo.

Probabilmente il tiratore era in macchina, ma non si poteva dare per certo. Il lungosenna era deserto, stava calando il buio, e gli autobus che attraversavano il pont Saint-Michel facevano un gran baccano.

«Come vedi, a volte sparano ai poliziotti!».

E lui rispondeva con una certa logica:

«Io non ero più un poliziotto da parecchie ore».

Quel mistero era rimasto senza soluzione. Chissà se Duclos, inchiodato alla sedia a rotelle, aveva cercato di risolverlo... Berna andava spesso a trovarlo: dovevano averne parlato. Ma, di sua spontanea volontà, l'ex commissario non vi alludeva mai.

E ora Lili avrebbe dovuto lasciarlo solo con quello strano tipo, che con ogni probabilità riemergeva dal passato?

«Va' pure».

E, con una lieve contrazione delle labbra che voleva essere un sorriso rivolto al visitatore, aggiunse:

«Non aver paura».

Lili non poteva più tirarsi indietro, perciò si mise il cappello, prese la sporta della spesa e i soldi. I due uomini intanto continuavano a tacere.

Mentre si avviava giù per le scale Lili decise di saperne di più e, invece di uscire subito in strada, si fermò al terzo piano e bussò dalla sua amica Juliette.

« Mi faresti un favore? ».

Ormai era diventato un ritornello e Lili chiedeva a Juliette, sarta casalinga, tanti di quei favori che le due amiche scoppiarono a ridere.

« Devo correre di sopra se ha bisogno di aiuto? ».

« No, prendi la mia sporta, qui ci sono i soldi, e va' a comprare qualcosa per pranzo e per cena. Quello che vuoi, tranne il vitello. Non dimenticarti le uova, il burro e il pane. Sai cosa ci serve. Se quando torni non mi trovi qui, non ti preoccupare. Tieni tu le provviste finché non arrivo ».

Juliette tralasciò il cappello, non lo portava mai, e a volte le capitava di fare la spesa in pantofole.

Uscita l'amica, Lili accostò la porta e tese l'orecchio ai rumori nelle scale. Aspettò venti minuti buoni. Poi la porta del piano di sopra si aprì e si richiuse. Lo sconosciuto scese con la sua strana andatura, come se avesse una gamba rigida. Lili gli si mise alle calcagna prima che arrivasse dabbasso, perché non poteva prevedere che direzione avrebbe scelto, e poco dopo lo vide camminare nel sole verso il pont de Sully.

Per fortuna non si voltò. Continuava a trascinare la gamba, ma avanzava più rapidamente di quanto si sarebbe aspettata, come uno che sa dove andare.

Non aveva attraversato la strada, procedeva rasente alle case, allontanandosene solo quando doveva aggirare i tavolini all'aperto di un bistrot o di un ristorantino.

Adesso la turbava meno. Nel viavai della strada non capiva più perché si fosse preoccupata tanto, e un paio di volte fu sul punto di fare dietrofront.

Poi le venne in mente che forse, mentre lei era da Juliette, lo sconosciuto aveva ucciso Duclos. Poteva essere successo sopra la sua testa senza che lei sentisse nulla?

L'ansia la assalì di nuovo. Voleva tornare indietro per accertarsi che il padre adottivo fosse ancora vivo.

Un attimo dopo pensò che, se perdeva le tracce di quell'uomo, con ogni probabilità non le avrebbe più ritrovate e non avrebbe mai saputo chi era.

Era strano, perché le strade erano allegre, piene di vita chiassosa, e intorno a lei tutto sembrava farsi gioco delle sue preoccupazioni.

Prima di inoltrarsi sul ponte l'uomo si fermò in un bar e lei lo aspettò davanti alla vetrina di un antiquario. Per fortuna non era entrato in un ristorante. Si poteva sperare che si limitasse a bere un bicchiere al volo, perché di solito i locali di quel tipo non sono posti dove ci si attarda.

Pochi minuti dopo, infatti, lo vide uscire asciugandosi le labbra. L'uomo attraversò la strada, fece una decina di passi sul ponte, e il resto avvenne in modo così rapido che Lili non ebbe letteralmente il tempo di notare niente.

Dal lato di Austerlitz alcune sirene annunciavano mezzogiorno, e altre rispondevano nel quartiere della Gare de Lyon. Proprio in quel momento, fra tutti quei rumori, ne riecheggiò un altro, come lo scoppio di uno pneumatico o di un motore.

Una macchina veniva dalla direzione opposta: le parve scura, nera o blu. Non avrebbe saputo dire se a bordo c'erano una o più persone.

E l'uomo cadde stecchito sul marciapiede, senza un grido, senza un lamento, mentre la macchina sembrava spiccare un salto per tuffarsi nell'animazione di boulevard Saint-Germain.

Con ogni probabilità Lili fu l'unica a rendersi conto con precisione dell'accaduto. Una donna di mezza età si fermò accanto al corpo steso per terra, si chinò a toccargli la spalla e lanciò un urlo, ritraendosi inorridita. All'altro capo del ponte un agente fischiò senza sapere bene perché.

Il primo impulso di Lili fu di correre avanti, ma da quella parte stava arrivando l'agente. Temendo di essere citata come testimone, accelerò il passo con l'aria di chi ha molta fretta, raggiunse l'altro marciapiede e continuò a camminare.

Imboccò rapida quai de Béthune, prese il pont de la Tournelle e da lì poté scorgere la testa del padre nel riquadro della finestra. Chissà se lui da lontano avrebbe riconosciuto il suo cappellino rosso... A quell'ora c'erano buone possibilità che fosse immerso nella lettura dei giornali.

Lili, con il fiato corto, entrò a casa di Juliette.

«Di già?» si stupì l'amica.

«Che hai comprato?».

«Costolette di maiale per pranzo e lingua di bue per cena».

Lili dovette bere un bicchiere d'acqua fresca. Le tremavano le gambe.

«Sei pallidissima».

«Ne ho motivo».

«Apprezzerai che non ti faccio domande».

«Già...» rispose distrattamente Lili mentre prendeva la sporta della spesa e si inoltrava su per le scale.

Aveva deciso di non raccontare niente. Verso le due Justin Duclos avrebbe letto dell'omicidio sui giornali del pomeriggio, a meno che, prima, come succedeva spesso, non ricevesse una telefonata dal Quai des Orfèvres o una visita del corpulento Émile Berna.

«Costolette di maiale!» annunciò per darsi un contegno. «E stasera lingua».

A volte si risentiva per la calma del padre, per la sua ostinazione a non chiedere nulla. Faceva così con tutti. Ne sapeva qualcosa Berna, che ogni tanto rischiava di perdere le staffe a causa di quell'atteggiamento. Era come se Duclos non avesse bisogno di sentir parlare le persone perché intuiva da solo ciò che gli interessava.

Era circondato da un tappeto di quotidiani e fumava la pipa senza dire una parola.

A tavola Lili non riuscì più a trattenersi.

« È una persona perbene, quel Camus? » chiese evitando di guardarlo.

« Dipende da cosa si intende con perbene ».

Tirando a indovinare, la ragazza continuò:

« Sembra uno che è stato in carcere ».

« Non proprio in carcere » corresse lui con calma. E, come se fosse la cosa più normale del mondo, aggiunse: « Ai lavori forzati! Vent'anni ».

Lili si sorprese che le fornisse quei dettagli e cercò di approfittare della sua buona disposizione d'animo.

« Ha ucciso qualcuno? ».

« L'hanno condannato per quello ».

Non osò chiedergli come mai Camus, rientrato in Francia, gli avesse fatto visita. A un tratto la colpì un dettaglio che la mise in agitazione.

L'uomo aveva scontato vent'anni di lavori forzati. Ed erano pressappoco vent'anni che Duclos l'aveva presa con sé e adottata, dopo aver mandato suo padre al patibolo.

Forse la visita di Camus aveva qualcosa a che vedere con lei?

Il suo vero padre si chiamava Joseph Vallé. Lili era ancora una ragazzina quando era andata a leggersi tutta la storia negli archivi di un grande giornale del mattino.

Una vecchia merciaia di rue Picpus era stata uccisa nel corso di una rapina e, a detta dei testimoni, i partecipanti al delitto erano tre. Ma la polizia ne aveva presi solo due. Gli arrestati negavano entrambi di aver colpito la vittima (picchiata violentemente con un tubo di piombo) e incolpavano un certo René, del quale sostenevano di non conoscere il cognome.

Non erano stati creduti. In Corte d'Assise il pubblico ministero era stato molto duro, accusando i due imputati di nascondersi dietro un «fantomatico René».

Erano stati giustiziati qualche settimana dopo – uno di quei casi in cui Duclos, su richiesta di almeno uno dei condannati, aveva assistito all'esecuzione.

Quanto alla madre di Lili, che si supponeva fosse fuggita abbandonando la figlia di pochi mesi in una camera d'albergo del quartiere Bastille, era stata ripescata due settimane dopo nei pressi di una chiusa a valle di Parigi. Si era suicidata? O sapeva troppo e il misterioso René le aveva chiuso la bocca per sempre?

«Che hai, piccola mia?».

«Io?» esclamò Lili, come svegliandosi da un incubo e guardandosi intorno con occhi stupiti.

«A cosa pensavi?».

«Non lo so».

«È raro che le costolette non siano ben cotte».

«Non sono ben cotte?».

«Ed è ancora più raro che tu non te ne accorga».

«Scusa, non l'ho fatto apposta».

Era ridicolo. Era una risposta ridicola, da bambina colta in fallo. E Lili aveva proprio l'impressione di essere in fallo. Bruciava dalla voglia di dirgli tutto. Ma se poi lui le impediva di fare quello che aveva in mente?

Non vedeva l'ora che si mettesse a sonnecchiare in poltrona come faceva sempre dopo pranzo. Il capiente cassetto del comò, con le decine di taccuini neri dove Duclos aveva preso appunti su tutti i casi di cui si era occupato nel corso della sua carriera, l'attirava.

Lui non le aveva mai proibito di frugarvi dentro.

Lili sfogliava spesso quei taccuini in sua presenza e gli faceva domande di pura curiosità.

« Che cos'era il caso Bonfils? ».

E Duclos glielo raccontava, come ad altri bambini si raccontano le fiabe.

« Ti porto subito il caffè ».

Fu un sollievo andare in cucina e poter fare a meno, per un momento, di dominare l'espressione del viso. Dopo aver preparato il vassoio del caffè, Lili raccolse i giornali e ne fece distrattamente una pila. Fu per caso che le cadde lo sguardo su alcune parole scarabocchiate a margine di una pagina. Finse di non essersene resa conto, ma ebbe l'accortezza di riporre i giornali in un angolo al quale poteva accedere con facilità durante il pisolino del padre adottivo.

« Pipa? ».

« No. Puoi accostare le persiane. Comincia a fare davvero caldo ».

Duclos bevve il caffè a piccoli sorsi, incrociò le mani sul ventre e chiuse gli occhi. Lili non era mai riuscita a capire se il pomeriggio si addormentava sul serio. Lui sosteneva di no, che si limitava a seguire il filo dei suoi pensieri, ma lei l'aveva visto spesso riscuotersi con un sussulto quando qualcuno bussava alla porta.

Sparecchiata la tavola, Lili portò i giornali in camera sua. Era stato Duclos ad annotare a margine:

« Gaston - Copains - Roquette ».

Con ogni probabilità « Roquette » stava per « rue de la Roquette ». Ma « Copains »?

Rifletté un istante e in punta di piedi tornò in soggiorno per prendere l'elenco telefonico. Duclos non si mosse.

Dapprima Lili cercò senza successo alla voce « caffè », poi passò in rassegna i ristoranti, le brasserie, i bar, dove finalmente ebbe la soddisfazione di leggere:

« Bar des Copains, rue de la Roquette, 33 bis ».

Erano passate da poco le due quando scese a comprare il giornale del pomeriggio, che annunciava a caratteri cubitali:

« Sconosciuto ucciso in pieno giorno sul pont de Sully ».

L'articolo era breve e cominciava così:

« Mentre stavamo per andare in stampa... ».

E conteneva questo passaggio:

« La vittima non aveva addosso documenti personali, ma si spera di riuscire a identificarla in tempi brevi grazie ai numerosi tatuaggi sulle braccia e sul petto, alcuni dei quali lasciano supporre che si tratti di un pregiudicato ».

II

Non era la prima volta che Lili obbediva a un impulso irrazionale, ma appena entrata nella cabina telefonica sentì di star commettendo una sciocchezza. Si trovava in un tranquillo baretto del quartiere, accanto al panificio dove ogni mattina andava a comprare il pane. Il gestore, un bonario borgognone con le maniche sempre arrotolate, la conosceva: l'aveva vista spesso, ancora bambina, fare la spesa con una gravità da massaia.

Lili aveva in mano il gettone del telefono quando a un tratto fu assalita dal panico, da una sensazione di pericolo così forte che si voltò per uscire. Il gestore del bar la guardava dal bancone, attraverso il vetro.

Forse la guardava distrattamente, senza pensare a lei, eppure fu per causa sua, per darsi un contegno davanti a lui, insomma, che Lili lasciò cadere il gettone nella fessura del telefono e compose il numero del Bar des Copains.

« Pronto... » rispose quasi subito una voce all'altro capo del filo.

E lei dovette fare uno sforzo per dire:

« Vorrei parlare con il signor Gaston, per favore ».

Silenzio. Lili poteva ancora riattaccare, ma non lo fece. Aveva l'impressione che il suo interlocutore stesse riflettendo.

« Gaston, chi? » le chiese alla fine.

E lei, seccamente:

« Gaston e basta ».

Di nuovo silenzio. A quell'ora il Bar des Copains doveva essere pressoché vuoto, pensava Lili. Conosceva la zona di rue de la Roquette. Il 33 bis era a due passi da rue de Lappe, dove la vita si risveglia al tramonto, quando nelle balere che diffondono tutt'intorno la musica delle fisarmoniche si accendono le luci rosa o malva.

« Da parte di chi? ».

Cercò un nome, uno qualunque, e caso volle che le venisse alle labbra quello di sua madre.

« Lucile ».

« Vado a vedere ».

L'apparecchio restò muto così a lungo che Lili si chiese se avessero riattaccato. Aveva quasi deciso di lasciar perdere quando percepì un mormorio all'altro capo del filo: due persone che bisbigliavano tra loro, poi una delle voci, non quella che le aveva risposto prima, risuonò nel ricevitore:

« Chi parla? ».

« Chiamo da parte di Lucile, che mi ha incaricato di riferire un messaggio al signor Gaston ».

«La ascolto».

«Non posso per telefono. Mi ha raccomandato di dirglielo a quattr'occhi».

«Dove si trova?».

«In città».

«Chi è lei?».

«Un'amica di Lucile».

Doveva esserci qualcun altro in ascolto, perché Lili percepì di nuovo un vago mormorio, come di due persone che si consultavano.

«Senti, ragazzina, non starai mica raccontando balle?».

«No».

Si era spinta troppo avanti per tornare indietro. Non lo voleva neanche. Desiderava incontrare a qualunque costo quell'uomo di cui non sapeva niente. Allora, poiché Gaston taceva, Lili ebbe un altro impulso, più rischioso del primo, e di nuovo presagì che sbagliava a cedervi.

Temendo che riattaccasse, mormorò a voce bassissima, come lanciando un'esca:

«Riguarda Camus».

Il respiro del suo interlocutore si fece più ansante, il che dimostrava che Lili aveva toccato la corda giusta.

«C'è qualcuno che può sentirla?».

«No, chiamo da una cabina pubblica».

«Chi è al corrente della sua telefonata?».

«Nessuno, a parte Lucile».

«È sicura di non essere stata seguita?».

«Ne sono certa».

«Senta, non posso incontrarla in questo momento. È libera stasera?».

«Non prima delle dieci».

All'altro capo del filo parlottarono di nuovo.

«È già stata qui?».

«Sì» mentì lei.

«Allora venga stasera verso le undici e si sieda al tavolo sotto l'orologio».

«D'accordo».

Quando uscì dalla cabina, era così emozionata che avrebbe voluto ordinare un cognac per riprendersi, ma non osò farlo perché il gestore si sarebbe stupito.

«Il commissario sta bene?» le chiese.

«Benissimo, grazie. Corro a raggiungerlo a casa».

Fu uno strano pomeriggio. Lili era ancora incerta su cosa fare quella sera, o meglio, pur fingendo con se stessa di essere indecisa, sapeva che avrebbe finito per andare all'appuntamento. Allo stesso tempo aveva paura. Scrutava Justin Duclos che, dal canto suo, sembrava osservarla con uno sguardo più acuto del solito.

Poco dopo le tre arrivò una telefonata per lui e fin dal primo scambio di battute Lili capì che all'altro capo del filo c'era Émile Berna, il capo della Squadra anticrimine. Se l'aspettava. Quando Berna era alle prese con un caso difficile, si poteva essere certi di sentirlo al telefono o di vederlo venire a sedersi, con aria indifferente, accanto al suo ex superiore per chiedergli consiglio.

E le loro telefonate somigliavano ai loro incontri, cioè comportavano più silenzi che scambi di frasi. Sembrava che giocassero a far parlare l'altro per primo.

«Sì, l'ho letto adesso. Se il giornale avesse pubblicato una fotografia, probabilmente l'avrei riconosciuto».

Una lunga pausa. Seduta accanto alla seconda finestra, Lili rammendava della biancheria.

«Bel lavoro, vecchio mio» disse alla fine Duclos. «Come si chiama? Camus? Évariste Camus?».

Lei alzò lo sguardo chiedendosi se Duclos avrebbe parlato della visita che aveva ricevuto quella mattina, e le fece uno strano effetto sentirlo mentire.

«Di primo acchito, no... Mi ricordo vagamente di un certo Camus, ma è passato troppo tempo...».

Lili poteva quasi udire la voce di Berna che rimbombava nel ricevitore.

«Se vuoi... Darò un'occhiata ai miei taccuini... Se trovo qualcosa, ti richiamo...».

Come mai, nel pronunciare queste parole, aveva uno sguardo così malizioso? Quando riattaccò, sembrava di ottimo umore e, con la straordinaria abilità che aveva acquisito, spinse le ruote della sedia e andò a piazzarsi davanti al comò che conteneva i suoi taccuini neri.

«È l'uomo che è stato ucciso sul pont de Sully?» chiese lei con l'aria più innocente possibile.

«Sì, l'hanno identificato. Non era difficile».

«Se non sbaglio, il visitatore di stamattina ha dato lo stesso nome».

Lui si voltò a guardarla.

«Hai buona memoria» disse.

«È lui?».

«Anche se fosse lui, non è necessario che Berna lo sappia, almeno non subito».

«Perché?» azzardò lei con più candore che mai.

Lo sguardo del vecchio, da malizioso, si fece piuttosto duro. Per la prima volta sembrò quasi che volesse rimetterla a posto, pur mantenendo un tono molto affettuoso.

«Di solito le ragazzine non si occupano di queste storie, e se leggono i giornali si interessano tutt'al più ai feuilleton».

Lili non insistette. Per una mezz'ora Duclos sfogliò i taccuini, dove erano riassunti tutti i delitti degli ultimi quarant'anni. Poi manovrò di nuovo la sedia a rotelle e compose un numero di telefono.

«Passami il capo, sono Duclos... Pronto! Sei tu,

Émile? Nel casellario giudiziario avrai trovato tutto quello che cercavi...».

Con in mano un taccuino, ascoltava la voce e i silenzi del suo interlocutore.

«Capisco. Sì, i piccoli dettagli personali... Eccoli. Non ce ne sono molti. In effetti l'ho arrestato io, vent'anni fa, con l'aiuto dell'ispettore Torrence. Era un medico di rue Caulaincourt, giovane e senza un soldo. Tra i suoi pazienti c'era una donna piuttosto ricca, che aveva quindici anni più di lui. Troverai tutto negli atti processuali. Credo che all'inizio sia stata lei a corteggiarlo con insistenza, perché era il suo tipo. Gli faceva grossi regali. Camus si è messo a giocare. Ha sempre sostenuto di non averla uccisa volontariamente. La donna esigeva che le facesse punture di morfina e lui le ha iniettato per errore non so che veleno. In preda al panico, ha tentato di sciogliere il cadavere in una vasca piena di acido solforico».

Le parole suscitavano immagini così vivide che Lili era impallidita e l'ago le tremava fra le dita.

«Non sono mai riusciti a dimostrare la premeditazione. Se l'è cavata con vent'anni di lavori forzati. Prima del processo, sono andato spesso a trovarlo in carcere... Come dici?... Preferisco non rispondere a questa domanda, non sono mica il Padreterno... In ogni caso, ha pagato, no?».

Forse Berna intuiva che c'era qualcosa sotto, forse sospettava che Camus, rientrato in Francia, avesse cercato l'ex commissario. Fatto sta che insisteva, e Duclos gli dava solo risposte evasive.

Quando riattaccò, Lili si affrettò a proporre:

«Potrei andare a prendere i giornali del pomeriggio. Ci saranno nuovi dettagli».

«Inutile, li conosco già».

Non successe nient'altro. Faceva caldo. Parigi era velata da una specie di nebbia, attraverso la quale si vedeva la grossa sfera gialla del sole diventare via via sempre più rossa.

Duclos non era come gli altri giorni. Due o tre volte fece per sollevare la cornetta del telefono e poi cambiò idea. A un tratto, quando lei non ci pensava più, le disse:

«Hai ragione, va' a comprare i giornali».

Sicura com'era che glielo dicesse per allontanarla, Lili annotò mentalmente la posizione esatta del telefono. Rimase fuori solo per pochi minuti. Stavolta la fotografia di Camus campeggiava in prima pagina, con il nome e un riassunto delle sue vicende passate.

Quando risalì, ansante, il telefono – come aveva previsto – era in una posizione un po' diversa.

«Che ne hai fatto dei giornali di stamattina, cara?».

«Non so, li avrò appoggiati da qualche parte».

Finse di cercarli, pur sapendo che sbagliava di nuovo, che Duclos era molto più furbo di lei e non ci sarebbe cascato.

«Devo averli lasciati in camera mia...».

Lui si limitò a sfogliarli, di certo per trovare l'appunto scarabocchiato sul margine di una pagina.

Non era più saggio confessargli che aveva telefonato al misterioso Gaston e che questi le aveva dato appuntamento alle undici al Bar des Copains?

In tal caso avrebbe anche dovuto ammettere di aver seguito Camus e di essere stata testimone dell'omicidio.

Ormai le sembrava troppo tardi. Aveva iniziato una cosa e ci teneva ad arrivare fino in fondo, anche se il suo istinto le diceva che era un terreno pericoloso.

Avrebbe voluto consultare il taccuino, ma Duclos, come inavvertitamente, se l'era messo in tasca, cosa che non faceva mai.

Lili preparò la cena. Poi, poco dopo le dieci, la portinaia salì a darle una mano per mettere a letto l'invalido.

Lei aspettò le dieci e mezzo, scelse un vestito fuori moda, di cotone, che ormai le andava stretto e modificò uno dei suoi cappellini dandogli una strana foggia che la fece sembrare una servetta. Era quello che voleva. Oltre alle professioniste, e oltre alle belle signore che vanno a cercarvi il brivido dell'ignoto, le sale da ballo di rue de Lappe e rue de la Roquette sono frequentate per lo più da giovani domestiche che ostentano un'aria spregiudicata.

Ebbe cura di truccarsi in modo adeguato: esagerò con la cipria e si impiastricciò le labbra con uno spesso strato di rossetto.

« Che ti è successo stavolta? » esclamò Juliette quando l'amica le bussò alla porta.

« Sto uscendo ».

« Voglio sperare che non andrai a casa di gente perbene conciata così! ».

« Devi farmi il solito favore: se mio padre chiama... ».

« Non hai paura? ».

« E di che? » replicò lei spavalda.

Ma non aveva mai avuto tanta paura in vita sua. Forse se Juliette avesse insistito un minimo, non sarebbe uscita. Era quasi tentata di dirle:

« Fermami! ».

Fece a meno di prendere un taxi: place de la Bastille non era lontana. La notte era tiepida e le coppiette camminavano sottobraccio sui lungosenna, alcune si abbracciavano nell'ombra di un portone, mentre i buoni borghesi del quartiere portavano i loro cani a fare la passeggiatina serale.

Nella zona della Bastille ferveva già la vita notturna: tutte quante le insegne di rue de Lappe scintillavano nel buio e il chiasso delle orchestrine si riversava in strada dalle porte aperte.

Davanti a ogni albergo stazionavano due o tre donne, e Lili, passando, cercava di imitarne l'atteggiamento.

Durante il tragitto non le era mai venuto in mente di guardarsi alle spalle, e solo quando fu in mezzo alla folla di quella specie di luna park si chiese se l'avessero seguita. Troppo tardi per accertarsene. Ci provò comunque e, non notando nessuna sagoma sospetta, trattenne il respiro e si infilò nel Bar des Copains come se si tuffasse in acqua.

Niente musica, nel locale. Mancando lo spettacolo, i curiosi della vita notturna parigina non lo frequentavano. A prima vista era un bar banalissimo, non molto diverso da quello da cui aveva telefonato lei nel pomeriggio. Ma, poco illuminato com'era, e con le pareti di un giallo sporco, aveva un aspetto alquanto triste.

Di donne ce n'erano poche, soltanto due: una seduta a un tavolo accanto alla porta, insieme a un uomo che le parlava sottovoce con veemenza soffocata, e l'altra in compagnia di quattro avventori che giocavano a belote.

Lili ebbe l'impressione che non badassero a lei, e questo non la rassicurò. Al suo ingresso nessuno aveva alzato lo sguardo per squadrarla da capo a piedi, come sarebbe stato normale. Su una parete era appeso un orologio pubblicitario, che segnava le undici e dieci. Il tavolo sotto l'orologio era libero e sembrava che avessero fatto apposta a non occuparlo.

Andò a sedersi là. Sapeva cosa doveva ordinare per adeguarsi all'ambiente, ma all'ultimo momento rischiò di sbagliare il nome del drink.

« Un diabolo... » fece alla fine.

Le servirono in silenzio un bicchiere di birra con gazzosa.

Si era immaginata un'accoglienza diversa? Continuavano a non prestarle attenzione. L'uomo dietro al bancone somigliava alla maggior parte dei gestori di bistrot, con le maniche arrotolate sugli avambracci villosi come quelli del borgognone. Il cameriere era mingherlino e giovanissimo.

Doveva chiedere del signor Gaston? Doveva aspettare senza dire niente?

Trascorse un quarto d'ora. Si era portata delle sigarette, anche se non aveva l'abitudine di fumare, e ne accese una goffamente, come si addiceva al suo personaggio.

Un individuo entrò nel locale e si diresse al bancone, dove si fece servire un diabolo, poi le lanciò una vaga occhiata e uscì.

Qualche istante dopo tornò sui suoi passi, non ordinò niente da bere ma disse qualcosa sottovoce al gestore che, con la massima naturalezza, girò attorno al bancone e si avvicinò a Lili.

«Ha un appuntamento con qualcuno, lei?».

«Sì».

«La persona che deve incontrare non è potuta venire, ma l'aspetta».

«Dove?» chiese lei irrigidendosi.

«L'accompagneranno...».

Nel frattempo lo sconosciuto si era avvicinato al tavolo con una sigaretta tra le labbra.

«Venga con me» disse, come se stesse svolgendo un incarico banale. «Non è lontano».

«Ma io...».

Lili scorse la cabina telefonica in un angolo.

«Devo fare una telefonata».

I due uomini si guardarono, e fu il gestore a rispondere con fermezza:

«L'apparecchio è guasto».

Non era vero, dato che lei aveva chiamato nel pomeriggio e che pochi minuti prima la donna seduta al tavolo dei quattro giocatori era andata chiedere la linea.

Di colpo Lili si sentì così bambina che le venne voglia di mettersi a piangere. Non capiva come avesse potuto essere tanto sciocca da cacciarsi in un'avventura simile, soprattutto dopo aver visto la fine che aveva fatto Camus.

Ora, guardandosi intorno, aveva l'impressione che il bar non fosse come le era parso all'inizio: forse i giocatori di belote erano lì solo per sorvegliarla e la coppia accanto alla porta era pronta a impedirle di uscire.

L'uomo che era venuto a prenderla e che per baffi aveva un paio di piccole virgole scure sorrise mostrando due denti d'oro, all'apparenza nuovi di zecca.

«Lasci...» disse a Lili, che aveva aperto la borsetta per prendere i soldi.

E al gestore:

«Mettilo sul mio conto, Bob».

Che poteva fare lei? Se rifiutava di seguirlo, chi mai, in tutto il bar, si sarebbe schierato dalla sua parte? Certo, una volta per strada, avrebbe potuto chiamare aiuto. Di solito all'angolo di rue de Lappe stazionavano due o tre vigili. Ma c'era almeno un centinaio di metri a separarla da loro, e la maggior parte della gente che percorreva quel tratto di marciapiede doveva appartenere allo schieramento opposto.

E se Camus, quella mattina, avesse avuto il tempo di gridare?

Tutti questi pensieri le attraversavano la mente a una velocità vertiginosa, mentre l'uomo con i denti d'oro continuava a rivolgerle un sorriso che le sembrava minaccioso.

Lili si era alzata e cercava di guadagnare tempo fingendo di sistemarsi il cappellino davanti a uno specchio offuscato.

Quando uscì dal bar, al pari di quando era entrata, nessuno si voltò a guardarla. Si immerse nei rumori della strada e per un attimo ebbe l'impressione di essere sfuggita al pericolo più grave.

«Dov'è?» chiese.

Aveva supposto che ci fosse una macchina ad aspettarli davanti al bar, ed era la cosa che più temeva. Invece s'incamminarono, e l'uomo mormorò:

«Qua vicino...».

Lili non si accorse che il suo accompagnatore l'aveva fatta mettere dal lato interno del marciapiede. A un certo punto incrociarono l'imboccatura buia di un vicolo cieco. Fu tutto rapidissimo, come per Camus sul pont de Sully. Senza quasi rendersi conto che l'uomo con i denti d'oro la spingeva, Lili si ritrovò nel buio pesto del vicolo: qualcosa di morbido le si abbatté sul viso mentre un paio di braccia vigorose la rovesciavano all'indietro.

Non poteva gridare, dibattersi. Oltre all'individuo che l'aveva portata là, dovevano essercene altri due: li sentiva respirare, anche se non dicevano una parola.

Imbavagliata, con una specie di sacco puzzolente sulla testa e le mani legate dietro alla schiena, la spinsero di nuovo, costringendola ad avanzare sul selciato sconnesso. Lei non vedeva nulla, pensava a Duclos, e per la prima volta si augurava che avesse intuito i suoi progetti.

Sentì aprire una porta, due mani la afferrarono per le gambe, altre due per le spalle, la sollevarono da terra e la trasportarono in cima a una rampa di scale che doveva essere stretta, perché a ogni gradino il suo corpo sbatteva di continuo contro la superficie scabra del muro.

Alla fine si ritrovò sdraiata su un letto cigolante, un letto di ferro, le parve, duro e stretto.

Gli uomini – tre, con ogni probabilità – non avevano pronunciato una parola. Lili li sentiva andare e venire. Poi i passi sembrarono allontanarsi: alcuni riecheggiarono lungo un corridoio, altri per le scale, e alla fine cadde il silenzio.

Immaginando di essere sola, Lili cominciò, prima con prudenza, poi con più energia, a contorcersi sul letto nella speranza di liberarsi le mani. Ogni volta che la rete cigolava, lei si fermava per qualche istante e poi ricominciava con movimenti più cauti. I polsi non glieli avevano legati con una corda ma con una specie di foulard, forse di seta, e questo la incoraggiava a credere che, con un po' di pazienza, avrebbe finito per disfare il nodo.

Era molto accaldata. La stanza puzzava di chiuso. Nonostante avesse ancora il sacco in testa, sapeva che c'era luce, non molta, forse solo una lampadina elettrica appesa al soffitto.

Se gli uomini non tornavano troppo presto – erano andati a chiamare il losco Gaston? –, sarebbe riuscita a slegarsi entro una decina di minuti.

Ansimava, capì di dover risparmiare le forze e smise di agitarsi a vuoto, limitandosi a movimenti calcolati. Forse grazie al sudore che le bagnava la pelle, la seta finì per cedere: così Lili liberò una mano, poi l'altra, e con un sospiro di sollievo si strappò via il sacco che le copriva la testa e il viso. Adesso le restava da togliere solo il bavaglio.

Mentre si accingeva a farlo, cominciò a guardarsi intorno e, a meno di tre metri da lei, scorse un uomo seduto in una vecchia poltrona rivestita di stoffa.

La guardava ridacchiando in silenzio, e a un tratto Lili non provò più paura ma umiliazione: mentre lei si dibatteva per liberarsi, infatti, lui era lì a osservarla con feroce ironia!

L'uomo era completamente calvo, dettaglio che la colpì. Doveva avere almeno una sessantina d'anni. Stava seduto in poltrona in una posa quasi altrettanto rigida di quella di Justin Duclos, e in grembo aveva una pistola su cui teneva poggiata con noncuranza una mano.

Era impressionante vederlo ridere in quel modo, senza che alcun suono gli uscisse dalla bocca. La stanza era squallida. Oltre al letto e alla poltrona, l'uno più malconcio dell'altro, c'era solo un tavolino di bambù con sopra un catino e una brocca di ceramica.

Lili chiuse gli occhi, sperando contro ogni evidenza che si trattasse di un'allucinazione. Quando li riaprì, l'uomo era ancora là, con quella stessa risata quasi interiore. Allora, in un impeto di collera, si strappò il bavaglio e gli gridò, fuori di sé come una bambina arrabbiata:

« Brutto imbecille! ».

E lui rise ancora di più, al colmo dell'esultanza.

III

La cosa più spaventosa era il contrasto fra l'aspetto del personaggio e la sua risata. Il viso, infatti, era piuttosto duro, chiuso, come senza vita esteriore, il viso di un uomo che passa le giornate nella penombra di un retrobottega o di un ufficio dove il sole non entra mai. Avrebbe potuto essere un uomo di legge vecchio stampo. Avrebbe potuto essere un usuraio. Portava, in piena estate, un completo nero, informe, liso ai gomiti e con tracce di cibo sui risvolti.

Non doveva capitargli spesso di ridere così, forse era la prima volta da anni, e i suoi lineamenti, che non vi erano abituati, si contorcevano in modo strano.

Del resto, dopo qualche istante, la risata si spense all'improvviso come era nata, e mentre Lili restava seduta sulla sponda del letto di ferro e si guardava intorno quasi a cercare una via di fuga nonostante la pistola, l'uomo la osservò a sua volta e si decise a parlare.

«Voleva vedere Gaston, a quanto mi hanno detto».

E Lili, in tono bellicoso, capendo che era inutile giocare d'astuzia:

«Suppongo che sia lei».

«Appunto, non sono io. Non è nessuno. Capisce, adesso?».

«No».

«"Gaston" è solo una parola d'ordine, che serve per arrivare fino a me. Lei c'è riuscita. Che vuole?».

Mentre Lili cercava inutilmente una risposta plausibile, l'uomo cavò dalla tasca un cartoncino e lo girò per mostrarglielo. Era una fotografia scattata una decina di anni addietro, quando la signora Duclos era ancora viva e il marito comandava la Squadra anticrimine. All'epoca Lili aveva poco più di dieci anni. Ricordava bene quella domenica in campagna immortalata da un ospite della pensioncina dove passavano le vacanze. Lei aveva due trecce che correvano lungo la schiena.

«La conosce, questa ragazzina?».

A che scopo negare? I suoi lineamenti non erano cambiati.

«Ne sono successe di cose, da allora!» aggiunse l'uomo con un'intensa soddisfazione dipinta sul viso. «Il signore ritratto accanto a lei ha avuto qualche guaio e non gli sarebbe facile, oggi, portarla in campagna».

«Lei sapeva che sarei venuta?».

Il cuore le batteva forte. La sua paura non si era dissolta, tutt'altro, ma vi si mescolavano sentimenti diversi: una curiosità bruciante e la certezza quasi assoluta di vivere un'ora capitale in cui molti misteri sarebbero stati chiariti.

Anche l'uomo sembrava vivere un momento atteso da anni, e dava l'impressione di assaporarlo come se degustasse un liquore invecchiato, a piccoli sorsi.

«Inutile guardare la porta e la finestra» disse. «Nessuno è mai uscito da qui senza il mio consenso. Ma, ora che mi ha visto, mi duole dirle che non potrà più uscire».

«Non ha risposto alla mia domanda».

«Pensavo che implorasse la grazia».

«Lei lo farebbe?».

«L'ho fatto. Ed è per questo che ora Justin Duclos è inchiodato su una sedia a rotelle per il resto dei suoi giorni».

Aveva stretto le narici e parlava con una voce più impersonale, di una freddezza metallica.

«Potevo lasciarle raccontare le sue frottole, giocare come il gatto col topo. Sarebbe stato divertente sentire cosa avrebbe inventato».

«Ha avuto pietà?» ironizzò Lili.

Infatti, cosa strana, si sentiva più calma, più padrona di sé rispetto a poco prima nella sala del bar. La partita era chiusa, e lei era in balia del suo interlocutore. Sapeva di non potersi aspettare nulla da lui. L'aiuto, se mai doveva riceverne, sarebbe arrivato dall'esterno, e non ci contava molto.

«Se mi conoscesse meglio, se avesse assistito alla scena che ha avuto luogo un tempo tra me e colui che lei considera suo padre, non parlerebbe di pietà. Ma voglio che qualcuno finalmente sappia. Questo lo capisce?».

«Credo di capirlo. Qualcuno a cui poi impedirà di parlare?».

«Proprio così. Sono un vecchissimo amico di Duclos, sa? Ci conoscevamo da bambini, andavamo a scuola insieme, io lo chiamavo Justin e lui mi chiamava... Non importa come mi chiamava... ».

« Immagina che potrei parlare? ».

« Le precauzioni non sono mai troppe » sentenziò lui guardandola con espressione seria. « Soprattutto con Justin. Finora sono stato io il più furbo ».

Stavolta fu lui a guardare la porta con un po' di apprensione.

« Perché l'aveva implorato? ».

« Aveva arrestato mio figlio. Il mio unico figlio. C'era di mezzo un delitto, ma non esistevano prove a suo carico. Justin avrebbe potuto archiviare l'inchiesta nel giro di pochi giorni, o portarla avanti senza troppo impegno. Sono andato a trovarlo in ufficio, al Quai des Orfèvres, senza ottenere niente. Sono tornato da lui, in quai de la Tournelle, e quella sera mi sono gettato ai suoi piedi ».

Ci fu un silenzio, seguito da una serie di frasi lasciate cadere l'una dopo l'altra.

« Ha mandato mio figlio alla ghigliottina. È successo dodici anni fa. Ma ho tenuto in serbo la vendetta per cinque anni. Lo sa perché? ».

Non aspettava una risposta. Parlava più per sé che per lei.

« Perché Justin mi cercava da prima, ormai saranno oltre vent'anni, senza sapere che ero io la persona a cui dava la caccia. E non mi ha mai trovato! Non è mai riuscito a risalire fino a me! Ha fatto giustiziare una decina dei miei uomini, altri li ha spediti ai lavori forzati, ma non è stato capace di scoprire chi tirava i fili ».

Non si era alzato dalla poltrona, dove probabilmente passava giornate intere, almeno a giudicare dalla sua capacità di restare immobile. Ma sotto quella rigidità esteriore si percepiva una turbolenta vitalità.

« Come vede, cara la mia ragazzina, cercando di incontrare un certo signor Gaston, che non esiste, si possono fare scoperte sorprendenti».

«Non mi chiami ragazzina».

«Eppure mi ricordo di quando lei era ancora una neonata e uno dei miei uomini, solo perché era diventato padre, pretendeva di cambiare vita».

Lili non si agitava più, non osava più aprire bocca nel timore che l'altro smettesse di parlare.

«Sì, ho conosciuto anche il suo vero padre. Ne ho conosciuti a bizzeffe, di giovanotti come lui! Justin l'ha mandato al patibolo, al pari di tanti altri, immagino che lei lo sappia. Ma forse non sa che io gli ho dato una mano, perché quando i tipi come suo padre cominciano ad avere velleità di vita onesta diventano un pericolo per i loro amici. Scommetto che, una volta preso, avrebbe voluto vuotare il sacco, ma sapeva bene che, in tal caso, sarebbero stati guai per una certa bambina, come sono stati guai per sua moglie».

«Lei è un mostro!» non poté fare a meno di esclamare Lili.

E lui, soddisfatto:

«Sì! O almeno è questa l'idea che si fanno di un uomo come me i Duclos e compagnia bella. Ciò non toglie, cara mia, che lei sia figlia di un assassino».

«Lo sapevo».

«Il che non le ha impedito di aiutare gli sbirri».

Di nuovo ridacchiò in silenzio. Poi si alzò, aprì la porta a spiraglio e parlottò per qualche istante con qualcuno che si trovava in corridoio, forse l'uomo con i denti d'oro. In piedi si rivelò molto più basso di come era parso a Lili, perché aveva il busto di un uomo normale e le gambe cortissime. In altri momenti questo doveva dargli un aspetto ridicolo, ma nella circostanza attuale lo rendeva solo più spaventoso.

«Tutto a posto» annunciò lui riguadagnando la

poltrona. «Abbiamo il tempo di scambiare due chiacchiere. Allora, cosa desidera sapere?».

«È stato lei a far uccidere mia madre?».

Con l'aria modesta di un artista che si schermisce dai complimenti, mormorò:

«Era necessario, mi sembrava di averglielo spiegato».

«Ha fatto uccidere anche Camus?».

«Era necessario anche questo, e mi permetto di aggiungere che è stato un lavoretto pulito. Del resto, a quanto pare, lei c'era».

«Come lo sa?».

«Uno dei due uomini a bordo della macchina l'ha intravista a pochi passi da Camus. Come succede spesso in questi casi, la sua immagine gli si è impressa sulla retina, e poco fa, al Bar des Copains, l'ha riconosciuta. Non mi chiede perché mi do tanto da fare? Eppure è indispensabile che lei lo sappia. Mio figlio, in cella, ha aspettato la morte per settimane. E sa qual è la cosa peggiore? Sa qual è, per me, la colpa più grave di cui si è macchiato Justin? Quella di averne fatto, alla fine, un uomo onesto. Tanto che, quando gli ho mandato a dire che stavo organizzando la sua evasione, mi ha risposto che preferiva pagare il suo debito».

Rise, più forte di prima, ma negli occhi aveva lacrime di rabbia.

«Insomma, Justin me l'ha rubato due volte. Ciò non toglie che il grand'uomo, il numero uno, il poliziotto infallibile, non è mai riuscito ad arrivare fino a me, né ha mai immaginato la provenienza della pallottola che, invece di ucciderlo, l'ha inchiodato sulla sedia a rotelle. Furti e omicidi sono continuati, ogni tanto i poliziotti arrestano gli esecutori materiali ma io non ho mai avuto noie. Mi dica lei chi è il più forte tra me e lui. Se sono io il più forte, è perché odio e ho sempre odiato, per quanto indietro posso andare con la memoria, quelli che si autodefiniscono persone oneste».

Vedendolo accarezzare il calcio della pistola Lili non poté fare a meno di lanciargli una provocazione:

«Fatto sta che è troppo vigliacco per uccidere con le sue mani!».

L'uomo sollevò la testa in modo così brusco che Lili ne ebbe paura, e dall'espressione del suo viso capì di avere colto nel segno.

«Chi gliel'ha detto?».

«Non c'è bisogno che me lo dicano. Sono sicura che non ha sparato neanche a Justin Duclos. Lei è un vigliacco, vero? Forse cova tanto odio proprio perché è un vigliacco. Avrà iniziato la carriera con piccoli traffici loschi...».

Per la prima volta si augurava che il padre adottivo avesse indovinato le sue intenzioni. Senza smettere di ascoltare l'interlocutore, passava in rassegna i minimi dettagli della giornata cercando di trovarvi un indizio.

Se Duclos aveva intuito i suoi propositi, doveva aver preso delle precauzioni per proteggerla. Ma perché allora l'aveva lasciata uscire? Non sapeva a cosa andava incontro?

«Ho cominciato come rigattiere» disse l'uomo con voce atona. «Un povero rigattiere di una popolosa via di Montmartre».

«E ora è ricco, suppongo».

«Nessuno immagina quanto sono ricco. Nemmeno i miei più stretti collaboratori sospettano che possiedo due delle più importanti case d'asta di Parigi, magazzini e un grande negozio di antiquariato, per non parlare di un certo numero di gioiellerie, non solo qui ma anche in altre città della Francia».

«Insomma, lei fa rubare per suo conto, nonché uccidere al bisogno, e riserva per sé la vendita del bottino».

«Più o meno sì. O, se preferisce, sono il cervello dell'organizzazione».

«E suo figlio era un braccio».

«Le consiglio di non parlarmi troppo di lui».

«Né del mio vero padre, altro braccio di cui si è servito, giusto?».

«Domattina Justin si sveglierà e la chiamerà invano. Intelligente com'è, collegherà subito la sua sparizione alla visita che quell'imbecille di Camus ha avuto l'imprudenza di fargli».

«Era pedinato?».

«Fin da quando è sbarcato in Francia. Sono un uomo molto potente, bambina. Anche il Quai des Orfèvres è potente e ha i suoi canali di informazione. Ma i poliziotti devono sottostare alla routine amministrativa e ai regolamenti. Per giunta vedono le cose solo dall'esterno. Quello che succede a detenuti e forzati di solito vengo a saperlo prima io. Ho scoperto così che Camus, laggiù, pochi giorni prima della sua liberazione, ha ricevuto una soffiata da qualcuno che aveva lavorato per me e che poi era stato preso. Consideri che quel chiacchierone non mi ha mai visto, non sa come mi chiamo ed era un semplice galoppino, perciò non ha potuto rivelargli altro che la parola d'ordine, quel "Gaston" che l'ha portata qui.

«All'interno dell'organizzazione ci sono solo due o tre persone in contatto diretto con me. Gli altri telefonano al Bar des Copains, che naturalmente è mio, dove vengono esaminati con cura e dove, quando è il caso, ricevono istruzioni sul da farsi.

«Questo, Duclos non l'ha mai sospettato. Sette anni che è invalido e si arrovella chiedendosi chi è stato a inchiodarlo sulla sedia a rotelle per il resto dei suoi giorni.

«Ora lei sa tutto, e il mio unico rammarico è non poterlo far sapere anche a Justin. Mi piacerebbe moltissimo che fosse lui a supplicare me! Immagini la scena. Con la voce rotta dall'emozione mi chiede:

«"Ridammi mia figlia".

«Perché un tempo ci davamo del tu. E io gli rispondo:

«"Ridammi mio figlio".

«"Lo sai che non posso".

«"Peggio per te...".

«E lui si mette a piangere. Perché deve piangere, come ho pianto io quando sono andato a trovarlo! Forse anche cadere in ginocchio, trascinarsi ai miei piedi.

«"Non ucciderla, per amor di Dio".

«"Non credo in Dio".

«"Per amore di quello che vuoi".

«"Non credo nell'amore..."».

Lili si sentiva mancare il respiro tanto era agghiacciante vederlo scaldarsi così senza che il suo viso prendesse colore, senza altro sentimento che l'odio ad alterargli i lineamenti.

«Sarebbe il più bel giorno della mia vita, il coronamento della mia carriera».

«Ma continuerebbe lo stesso?».

L'uomo la guardò negli occhi e lei lo sentì esitare.

«Non lo so. Credo che gli telefonerei senza dirgli chi sono. Quando mio figlio è andato al patibolo, lui era là, l'ha visto morire. Mi piacerebbe che assistesse anche stavolta. Magari potrebbe ascoltare all'altro capo del filo...».

L'idea stava prendendo forma nella sua mente e lo stuzzicava. Si alzò per la seconda volta e raggiunse la porta a passi più rapidi che in precedenza. Per un attimo Lili fu tentata di spiccare un balzo e strappargli di mano la pistola. Lui aveva ammesso di essere un vigliacco, di non aver mai avuto il coraggio di uccidere. Avrebbe esitato a sparare sentendosi minacciato? Come se le leggesse nel pensiero, l'uomo mormorò:

«Non ci provi...».

E si affrettò ad aprire la porta. Era sicuro di sé. Era stato sicuro di sé tutta la vita. Per una trentina d'anni aveva sfidato la polizia, sbarazzandosi senza pensarci due volte di chiunque potesse ostacolarlo.

Aprì la bocca per dire qualcosa all'uomo dai denti d'oro, ma, con grande sorpresa di Lili, non parlò: nello spiraglio della porta ci fu uno strano trambusto, e il vecchio, colpito da una testata in pieno stomaco, indietreggiò di qualche passo, perse l'equilibrio e finì per terra.

Non aveva mollato la pistola, e una pallottola andò a conficcarsi nel muro.

Un marcantonio gli era già saltato addosso e lo schiacciava sotto il suo peso, immobilizzandogli le braccia, mentre un'altra figura gli toglieva di mano l'arma.

«Illesa?» chiese una voce angosciata.

Era il piccolo Lapointe, l'ispettore con la faccia da sposino, che Lili non aveva mai visto così turbato. Non poté chiederle altro perché il grosso Émile Berna, il capo in persona, ignorando il corpo a corpo sul pavimento, si avvicinò alla ragazza e la prese per le spalle.

«Sono contento...» balbettò. «Sono molto contento di essere arrivato in tempo...».

Il sudore gli gocciolava giù dalla fronte e gli inondava il viso.

«Non ho mai avuto tanta paura in vita mia. Benedetto Justin!...».

«So tutto...» si affrettò a dirgli Lili.

Ma il commissario, scuotendo la testa:

«Non mi interessa. L'importante è che sei viva. Se Justin mi fa un'altra volta uno scherzo simile...».

«Non è colpa sua. Sono stata io a...».

«Lui era al corrente. Mi ha telefonato oggi pomeriggio al Quai des Orfèvres per chiedermi...».

«Chiederle cosa?».

Si udì lo scatto metallico delle manette, mentre due uomini si alzavano e un terzo restava sdraiato sul pavimento.

«Lo sa chi è, capo?».

«Prima lasciatemi parlare con la piccola...».

Perché Berna non voleva ancora decidersi a trattarla da persona adulta.

«Senza rendertene conto hai fatto un buon lavoro, Lili, ma saremmo arrivati comunque alla verità...».

«Lo crede davvero?».

«No» borbottò lui. «Ma almeno non avrei rischiato l'infarto».

«È Rabut» gli annunciò Lapointe.

«Il Rabut delle case d'asta?».

Poi il commissario lanciò un'occhiata all'uomo disteso per terra e chiese a Lili:

«Ha parlato?».

«Sì, mi ha raccontato tutta la sua vita. In fondo gli uomini somigliano alle donne più di quanto si pensi e hanno la medesima voglia di confidarsi».

«Ne avrà dette delle belle! Andiamocene da qui».

Uscendo in corridoio, Lili si ricordò dell'uomo con i denti d'oro.

«Che ne avete fatto del tizio che c'era di guardia?».

«Ho mandato una persona a chiamarlo».

«Chi? Come mai non si è insospettito? Dalla stanza non ho sentito nulla».

«Perché si fidava ciecamente della persona che gli ha chiesto di scendere un attimo».

Erano arrivati dabbasso: all'imboccatura del vicolo stazionavano tre macchine e a cento metri di distanza un furgone cellulare. Due cordoni di poliziotti sbarravano la strada da entrambi i lati.

Mentre era chiusa nella stanza con Rabut, Lili non aveva immaginato neanche per un istante che intorno a lei ci fosse un simile spiegamento di forze. Berna la fece salire sulla prima auto.

« Quai de la Tournelle » disse all'autista.

Poi, rivolgendosi a un ispettore:

« Duclos è stato avvertito? ».

E Lili, stupita:

« È sveglio? ».

« Non ha chiuso occhio, stanotte. In realtà è stato lui a dirigere l'operazione ».

« Ma era all'oscuro di tutto! ».

« Così all'oscuro da chiamarmi alle quattro del pomeriggio per chiedermi di piazzare una quantità di poliziotti nei pressi del Bar des Copains ».

« Non sapeva che ci sarei andata ».

« Era così all'oscuro che due miei uomini ti si sono messi alle costole appena sei uscita di casa ».

Lili ebbe un moto di stizza infantile.

« Allora non c'era bisogno di me! ».

« Sì, invece. Se avessimo telefonato noi al Bar des Copains chiedendo del signor Gaston ci avrebbero riso in faccia. Ingaggiare delle comparse? Non ci sarebbero cascati ».

« Sapeva anche che era stato lui a fargli sparare? ».

« Sì ».

« E che... ».

Stava per parlare di suo padre e sua madre, ma tacque. Erano già arrivati in quai de la Tournelle dove stormivano le fronde degli ippocastani. Al quarto piano c'era una finestra illuminata, e nel riquadro chiaro si stagliava l'ombra immobile di una testa.

Berna suonò al portone e, passando davanti alla guardiola, mugugnò:

« Duclos... ».

Salirono le scale l'uno dietro l'altro. Al passaggio,

videro aprirsi la porta di Juliette, la quale, constatando che Lili non era sola, immaginò che si fosse fatta pizzicare e fu pronta a ritrarsi.

Era piacevole ritrovare la tranquillità del soggiorno, Justin Duclos nella sua poltrona, con la pipa in bocca.

«Ti ho riportato la piccola! Ti avevano chiamato per avvertirti che era tutto a posto, vero?».

«Sì, grazie».

Justin la cercava con lo sguardo, e i suoi occhi avevano un'espressione che Lili non gli aveva mai visto. Sembrava quasi volerle chiedere perdono per aver permesso che si esponesse al pericolo e al tempo stesso ringraziarla di cuore.

«Non ti siedi, Émile?».

«Devo correre al Quai des Orfèvres per interrogare Rabut finché è caldo».

«Non parlerà».

«Non ha più importanza. Ha raccontato la sua vita a tua figlia».

E girandosi verso di lei, mormorò:

«Un bicchierino però lo prendo».

Sembrava stupito di vederli comportarsi tutti e due come se non fosse successo niente.

«Non avete voglia di abbracciarvi?» borbottò portandosi il bicchiere alle labbra.

Fu Lili a rispondere:

«C'è tempo».

«Ho capito, me ne vado. Cercherò di non aver bisogno di voi prima di domani a mezzogiorno».

E, rivolgendosi a Duclos:

«Come mi regolo con la stampa? Posso nominare Lili?».

«Nient'affatto!» esclamò lei.

Quando il commissario si decise ad andarsene e la

porta si richiuse alle sue spalle, Lili non corse ad abbracciare Duclos: si limitò a piazzarsi davanti a lui.

« Davvero hai avuto fiducia in me? » chiese con una faccia strana.

Lui annuì.

« Avevi realmente bisogno di me? ».

Lui annuì di nuovo.

« Hai avuto paura? ».

Stavolta Duclos distolse lo sguardo, e solo allora Lili gli si gettò tra le braccia come se fosse ancora una bambina.

Molto più tardi, dopo essersi soffiata il naso, gli sussurrò all'orecchio:

« È stato lui a... ».

« Sst!... Lo so... ».

« E quando ero piccola, ha... ».

« Sst!... Domani... ».

« Sapevi anche questo? ».

« Lo sospettavo ».

Prese il bicchierino che Lili gli aveva riempito insieme a quello di Berna, e che lui non aveva toccato. Per un attimo la ragazza si chiese cosa ci fosse di strano nella sua fisionomia e poi capì che era il rossetto di cui l'aveva imbrattato.

IL PRIMO PREMIO

All'epoca del primo evento Charles Perrin aveva quarantatré anni, era sposato da diciassette e sua figlia Nicole ne aveva appena compiuti quattordici. Viveva da sempre nel quartiere di Parigi in cui era nato, in rue Saint-Antoine, dove abitavano commercianti, artigiani e impiegati come lui.

La giornata era cominciata al solito modo: la sveglia aveva suonato alle sei e mezzo e lui si era fatto la barba ascoltando la radio mentre la moglie preparava la colazione. Alle otto e dieci aveva sceso i quattro piani di scale e si era incamminato sul marciapiede facendosi largo tra i capannelli di massaie che attorniavano i venditori ambulanti di frutta e verdura.

All'ingresso del métro aveva comprato il giornale e in attesa che arrivasse il treno si era limitato a dare una scorsa ai titoli della prima pagina. Solo una volta a bordo del vagone si era messo a leggere. Come sempre in quel giorno del mese, il giornale riportava le estrazioni della Lotteria nazionale, e Charles Perrin passò in rassegna l'elenco: sapeva qual era il suo numero, perché aveva buona memoria per queste cose.

In tre anni che tentava la sorte ogni mese, non aveva mai vinto niente né si era mai sognato di poter intascare una grossa cifra. Sperava al massimo in cinque o diecimila franchi, e forse era per questo che scorreva la colonna a partire dal basso.

Fu spintonato dai viaggiatori che salivano e scendevano, e proprio in quel momento vide il suo numero, non nell'elenco, ma scritto in grassetto in cima a tutti gli altri. Si sfregò gli occhi, prese il biglietto dal portafoglio, confrontò le cifre una per una e alla fine dovette arrendersi all'evidenza: il vincitore del primo premio di cinque milioni di franchi era proprio lui.

In rue d'Enghien, nel quartiere degli affari, Perrin varcò il portone della ditta Gavelle et Saimbron, specializzata nella compravendita di porcellane e cristalleria all'ingrosso, e prese posto in una specie di gabbiotto a vetri senza dire niente a nessuno. A mezzogiorno pranzò come al solito nel ristorantino di fronte, dove aveva il suo tovagliolo nello scaffale, e solo alle due e mezzo osò bussare alla porta dell'ufficio del signor Saimbron. Aveva un'aria così imbarazzata che quello fraintese:

«Non sarà mica venuto a chiedermi un aumento?».

L'aveva fatto tre volte in diciannove anni, e sempre dietro insistenza della moglie.

«No, signore. Avrei bisogno di un'ora di permesso per andare dal dentista».

Nella sede della Lotteria nazionale non si stupirono che non fornisse le sue generalità. Altri prima di lui avevano conservato l'anonimato, vuoi per evitare di pubblicizzare troppo la cosa, vuoi per sottrarsi agli scrocconi. Poi Charles Perrin prese un taxi per andare in un quartiere il più possibile lontano dal suo, a porte Maillot, e depositò i soldi in una filiale della banca.

La sera, tornando a casa, si limitò a comprare dei pasticcini, e – come si aspettava – fu accolto dallo sguardo allarmato e colmo di rimprovero della moglie.

« Il signor Saimbron mi ha dato una buona notizia » si affrettò a dirle il marito. « A fine mese avrò un aumento di stipendio ».

« Ti sei deciso a chiederlo? ».

La donna non credeva alle sue orecchie. Che Nicole fosse presente o no, era solita rinfacciare al marito:

« Resterai un modesto contabile per tutta la vita. Non hai nessuna ambizione. Non osi neanche guardare in faccia il tuo capo ».

Eppure l'indomani Perrin bussò di nuovo alla porta del temibile signor Saimbron.

« Non vorrà dirmi che deve andare di nuovo dal dentista... ».

« No, signore. Sono venuto a licenziarmi. Io e mia moglie abbiamo deciso di trasferirci in provincia, dove abbiamo ereditato una casetta ».

Erano le sue prime bugie. Doveva abituarvisi un po' alla volta. In apparenza non era cambiato nulla nella sua vita. La mattina si alzava sempre alle sei e mezzo, si faceva la barba ascoltando la radio, alle otto e dieci usciva di casa e si dirigeva verso la stazione del métro.

Ma invece di andare in rue d'Enghien e sedersi nel suo gabbiotto a vetri, raggiungeva la Bibliothèque Nationale. Che altro poteva fare in giro per le strade di Parigi alle otto e mezzo di mattina? Gli era sempre piaciuto leggere ma non aveva mai potuto coltivare questa sua inclinazione: se dopo pranzo prendeva in mano un libro, infatti, la moglie non mancava mai di interromperlo per parlargli di sciocchezze, oppure Nicole gli chiedeva di aiutarla a fare i compiti.

Divorò le opere complete di Alexandre Dumas dalla prima all'ultima pagina, poi quelle di altri autori, compresi i loro epistolari, finché il caso non gli fece scorgere sugli scaffali la collezione della «Gazette des Tribunaux», i cui primi fascicoli risalivano a un secolo e mezzo addietro. Diventò esperto di tutte le cause più celebri. Quando la moglie gli parlava di un processo in corso, gli capitava di tradirsi:

«Mi ricorda il caso Lamotte, a Reims, nel 1852».

«Che ne sai, tu, del caso Lamotte?».

«Me ne ha parlato un collega d'ufficio, Ledent, che è un appassionato di queste cose».

Così aveva inventato Ledent. Presto fu costretto a inventare un nuovo direttore: per Natale, infatti, aveva deciso di regalare alla moglie un cappotto di montone rasato. Il signor Saimbron era già stato tirato in ballo per l'aumento di stipendio, e non era tipo da accordare anche una gratifica di fine anno agli impiegati.

«A quanto pare, avremo un nuovo direttore».

«Il signor Saimbron si ritira dagli affari?».

«Con ogni probabilità ha deciso di far impratichire il suo successore prima di andarsene in pensione».

Lo chiamò signor Juramie, un nome che aveva letto su una facciata e che gli era piaciuto. E grazie a questo signor Juramie poté comprare il cappotto di montone, nonché una borsetta per Nicole.

Il signor Juramie andava a caccia e, poiché apprezzava il lavoro di Charles Perrin, gli portava spesso della selvaggina, una lepre, un fagiano, un cosciotto di capriolo.

«Sembri in ottimi rapporti con il signor Juramie».

«Mi osserva, chiede il mio parere. Non mi stupirei se uno di questi giorni mi affidasse un incarico più importante».

La Bibliothèque Nationale non assorbiva tutto il suo tempo libero. Perrin aveva sempre avuto un'altra passione inappagata: il biliardo. Così, il pomeriggio andava in un caffè di porte Maillot, non lontano dalla banca, dove era pressoché certo di trovare qualcuno con cui fare una partita.

Una sera rientrò con un paio di scarpe marroni che desiderava da tempo.

«Non penserai mica di andare in ufficio con delle scarpe marroni?».

«Guarda che le porta anche il signor Juramie. Non è un tipo vecchio stampo come il signor Saimbron».

Questo Juramie aveva grande stima di Charles Perrin, e un giorno gli disse:

«Un uomo come lei è sprecato a fare il semplice contabile».

«Sul serio ti ha detto così?».

«Certo! Non solo l'ha detto, ma la prossima settimana sarò promosso capufficio del reparto esportazioni».

L'aumento di stipendio permise ai Perrin di passare le vacanze al mare. Un'altra gratifica, a fine anno, servì a comprare nuovi mobili rustici per la sala da pranzo.

Perrin era diventato il braccio destro di Juramie. Dopo tre anni rivestiva il ruolo di vicedirettore della ditta. La signora Perrin non si capacitava, e aveva cominciato a guardare il marito con involontario rispetto. Ogni tanto però era assalita dai dubbi:

«Sicuro che guadagni tutti questi soldi?».

«Che vuoi dire?».

«Non lo so. A volte sui giornali si leggono storie di contabili che commettono imprudenze. È successo tutto così in fretta...».

«Ti assicuro che non sottraggo soldi a nessuno».

Per il cognato e la cognata, che un tempo lo consideravano una specie di nullità, era ormai un personaggio importante.

«Quando sarai tu a capo dell'azienda, magari potresti trovare un posto a mio figlio nel tuo ufficio!».

Non avevano cambiato casa: Perrin era affezionato al quartiere, alla strada, all'appartamento, così come alle sue abitudini. Quando Nicole terminò il primo ciclo di scuola superiore, a sedici anni e mezzo, annunciò di voler cercare un impiego come dattilografa. Lui provò a convincerla che non era necessario, che poteva proseguire gli studi, ma moglie e figlia gli si rivoltarono contro.

«Vero è che tu hai una buona posizione. Ma questo non basta, e non si sa mai cosa può capitare».

Nicole fu assunta da una compagnia assicurativa di rue Le Peletier, e la mattina padre e figlia prendevano il métro insieme, ma senza scendere alla stessa stazione.

Le prove di amicizia del signor Juramie non si contavano più: una volta addirittura mandò un vestito nuovo a Nicole spiegando che l'aveva comprato per sua figlia, alla quale però non era piaciuto il colore.

«Alla sua starà bene, benché mi abbia detto che è bionda».

Se Perrin non trovava nessuno per giocare a biliardo, andava al cinema, e a volte, quando si parlava di un film, doveva mordersi la lingua per non dire:

«L'ho già visto».

Dalla sua frequentazione della Bibliothèque Nationale gli venivano conoscenze quasi enciclopediche, e gli capitava, per esempio, di parlare dell'America del Sud come se vi avesse vissuto dieci anni.

Il secondo evento si verificò all'improvviso, come il primo. Una sera, rientrando, Perrin vide la figlia che lo aspettava all'uscita del métro e, dalla sua faccia, capì che era successo qualcosa.

«Non torniamo subito a casa» disse lei.

«Che c'è?».

«Oggi pomeriggio sono passata dal tuo ufficio. Avevo una grande notizia da darti».

«Che notizia?».
«Ormai non ha più importanza. Mi hanno detto...».
«Che non lavoro più là».
«Sì. Ho chiesto di parlare con il signor Juramie e mi hanno risposto che non è mai esistito».
Pallida, con gli occhi sbarrati, balbettò:
«Dove hai preso i soldi?».
«Vieni, andiamo a casa. Te lo dirò dopo cena, e anche a tua madre».

Ho conosciuto Charles Perrin (che non si chiama così, naturalmente) ad Antibes, in Costa Azzurra, dove ha rilevato una libreria, e dove passa la maggior parte del tempo a leggere in una poltrona dietro al bancone. Solo dopo mesi di frequentazione mi ha raccontato la sua storia, e ha concluso:
«Quando ho confessato tutto, mia moglie ha detto:
«"Allora non hai avuto nessun aumento di stipendio! Dovevo immaginarmelo!"».
Perrin aveva ripreso il suo atteggiamento umile, timido.
«Mia figlia si è sposata. Era venuta a trovarmi in ufficio proprio per chiedermi il consenso. Mia moglie conduce una vita abbastanza mondana, prende il tè in compagnia quasi tutti i pomeriggi. Io non mi lamento, ma non posso fare a meno di rimpiangere la Bibliothèque Nationale, dove non venivano a disturbarmi ogni dieci minuti per chiedermi un libro».
E, guardando il mare azzurro da dietro i vetri, ha aggiunto:
«Mi manca anche rue Saint-Antoine. Ah, se solo avessi vinto un premio da dieci o ventimila franchi...».

«Certo, preferiscono che io non veda determinate cose. Ma quello che soprattutto non deve accadere è che io ne racconti delle altre».

«“Dirà tutto?”.
«“E lei?”.
«“Ci proverò. Se non lo facessi, me lo rimprovererei per tutta la vita...”».

Popoli che hanno fame (1934)

GLI ADELPHI

ULTIMI VOLUMI PUBBLICATI:

670. Giorgio de Santillana, *Le origini del pensiero scientifico*
671. János Székely, *Tentazione*
672. Emmanuel Carrère, *Un romanzo russo*
673. Georges Simenon, *I misteri del Grand-Saint-Georges*
674. Azar Nafisi, *La Repubblica dell'immaginazione*
675. August Strindberg, *Inferno*
676. Katherine Mansfield, *Qualcosa di infantile ma di molto naturale*
677. Sam Kean, *La Brigata dei bastardi*
678. Milan Kundera, *L'arte del romanzo*
679. Igor' Stravinskij-Robert Craft, *Ricordi e commenti*
680. Georges Simenon, *Gli altri*
681. Alfred Polgar, *Marlene*
682. Kenneth Anger, *Hollywood Babilonia II*
683. Daisetz T. Suzuki, *Lo Zen e la cultura giapponese*
684. Ingeborg Bachmann, *Il libro Franza*
685. Anna Maria Ortese, *Il Monaciello di Napoli*
686. Simone Weil, *Attesa di Dio*
687. Benjamín Labatut, *Quando abbiamo smesso di capire il mondo*
688. Peter Cameron, *Cose che succedono la notte*
689. Matsumoto Seichō, *Un posto tranquillo*
690. Oliver Sacks, *Il fiume della coscienza*
691. Georges Simenon, *Il primogenito dei Ferchaux*
692. W.H. Auden, *Lezioni su Shakespeare*
693. W.G. Sebald, *Storia naturale della distruzione*
694. Isaac Bashevis Singer, *Ombre sull'Hudson*
695. Vladimir Nabokov, *Fuoco pallido*
696. Sergio González Rodríguez, *Ossa nel deserto*
697. Ivan Morris, *Il mondo del Principe Splendente*
698. Kiran Desai, *Eredi della sconfitta*

STAMPATO DA ELCOGRAF STABILIMENTO DI CLES
NELL'AGOSTO 2024